HÉSIODE ÉDITIONS

CHATEAUBRIAND

Voyage en Italie

Hésiode éditions

© Hésiode éditions.

1 rue Honoré - 93500 Pantin.
ISBN 978-2-38512-059-7
Dépôt légal : Octobre 2022

Impression Books on Demand GmbH

In de Tarpen 42
22848 Norderstedt, Allemagne

Voyage en Italie

Première lettre à M. Joubert
Turin, ce 17 juin 1803

Je n'ai pu vous écrire de Lyon, mon cher ami, comme je vous l'avais promis. Vous savez combien j'aime cette excellente ville, où j'ai été si bien accueilli l'année dernière, et encore mieux cette année. J'ai revu les vieilles murailles des Romains, défendues par les braves Lyonnais de nos jours, lorsque les bombes des conventionnels obligeaient notre ami Fontanes à changer de place le berceau de sa fille ; j'ai revu l'abbaye des Deux-Amants et la fontaine de J.-J. Rousseau. Les coteaux de la Saône sont plus riants et plus pittoresques que jamais ; les barques qui traversent cette douce rivière, mitis Arar, couvertes d'une toile, éclairées d'une lumière pendant la nuit, et conduites par de jeunes femmes, amusent agréablement les yeux. Vous aimez les cloches : venez à Lyon ; tous ces couvents épars sur les collines semblent avoir retrouvé leurs solitaires.

Vous savez déjà que l'Académie de Lyon m'a fait l'honneur de m'admettre au nombre de ses membres. Voici un aveu : si le malin esprit y est pour quelque chose, ne cherchez dans mon orgueil que ce qu'il y a de bon, vous savez que vous voulez voir l'enfer du beau côté. Le plaisir le plus vif que j'aie éprouvé dans ma vie, c'est d'avoir été honoré, en France et chez l'étranger, des marques d'un intérêt inattendu. Il m'est arrivé quelquefois, tandis que je me reposais dans une méchante auberge de village, de voir entrer un père et une mère avec leur fils : ils m'amenaient, me disaient-ils, leur enfant pour me remercier. Était-ce l'amour-propre qui me donnait ce plaisir vif dont je parle ? Qu'importait à ma vanité que ces obscurs et honnêtes gens me témoignassent leur satisfaction sur un grand chemin, dans un lieu où personne ne les entendait ? Ce qui me touchait, c'était, du moins j'ose le croire, c'était d'avoir produit un peu de bien, d'avoir consolé quelques cœurs affligés, d'avoir fait renaître au fond des entrailles d'une mère l'espérance d'élever un fils chrétien, c'est-à-dire un fils soumis, respectueux, attaché à ses parents. Je ne sais ce que vaut mon ouvrage ; mais aurais-je goûté cette joie pure si j'eusse écrit avec tout le talent imaginable un livre qui aurait blessé les mœurs et la religion ?

Dites à notre petite société, mon cher ami, combien je la regrette : elle a un charme inexprimable, parce qu'on sent que ces personnes qui causent si naturellement de matières communes peuvent traiter les plus hauts sujets, et que cette simplicité de discours ne vient pas d'indigence, mais de choix.

Je quittai Lyon le... à cinq heures du matin. Je ne vous ferai pas l'éloge de cette ville ; ses ruines sont là ; elles parleront à la postérité : tandis que le courage, la loyauté et la religion seront en honneur parmi les hommes, Lyon ne sera pas oublié.

Nos amis m'ont fait promettre de leur écrire de la route. J'ai marché trop vite et le temps m'a manqué pour tenir parole. J'ai seulement barbouillé au crayon, sur un portefeuille, le petit journal que je vous envoie. Vous pourriez trouver dans le livre de postes les noms des pays inconnus que j'ai découverts, comme, par exemple, Pont-de-Beauvoisin et Chambéry, mais vous m'avez tant répété qu'il fallait des notes, et toujours des notes, que nos amis ne pourront se plaindre si je vous prends au mot.

Journal
La route est assez triste en sortant de Lyon. Depuis La Tour-du-Pin jusqu'à Pont-de-Beauvoisin le pays est frais et bocager. On découvre en approchant de la Savoie trois rangs de montagnes à peu près parallèles, et s'élevant les unes au-dessus des autres. La plaine au pied de ces montagnes est arrosée par la petite rivière le Gué. Cette plaine vue de loin paraît unie ; quand on y entre on s'aperçoit qu'elle est semée de collines irrégulières : on y trouve quelques futaies, des champs de blé et des vignes. Les montagnes qui forment le fond du paysage sont ou verdoyantes et moussues, ou terminées par des roches en forme de cristaux. Le Gué coule dans un encaissement si profond, qu'on peut appeler son lit une vallée. En effet, les bords intérieurs en sont ombragés d'arbres. Je

n'avais remarqué cela que dans certaines rivières de l'Amérique, particulièrement à Niagara.

Dans un endroit on côtoie le Gué d'assez près ; le rivage opposé du torrent est formé de pierres qui ressemblent à de hautes murailles romaines, d'une architecture pareille à celle des arènes de Nîmes.

Quand vous êtes arrivé aux Échelles, le pays devient plus sauvage. Vous suivez, pour trouver une issue, des gorges tortueuses dans des rochers plus ou moins horizontaux, inclinés ou perpendiculaires. Sur ces rochers fumaient des nuages blancs, comme les brouillards du matin qui sortent de la terre dans les lieux bas. Ces nuages s'élevaient au-dessus ou s'abaissaient au-dessous des masses de granit, de manière à laisser voir la cime des monts ou à remplir l'intervalle qui se trouvait entre cette cime et le ciel. Le tout formait un chaos dont les limites indéfinies semblaient n'appartenir à aucun élément déterminé.

Le plus haut sommet de ces montagnes est occupé par la Grande-Chartreuse, et au pied de ces montagnes se trouve le chemin d'Emmanuel : la religion a placé ses bienfaits près de celui qui est dans les cieux ; le prince a rapproché les siens de la demeure des hommes.

Il y avait autrefois dans ce lieu une inscription annonçant qu'Emmanuel, pour le bien public, avait fait percer la montagne. Sous le règne révolutionnaire, l'inscription fut effacée ; Buonaparte l'a fait rétablir : on y doit seulement ajouter son nom : que n'agit-on toujours avec autant de noblesse !

On passait anciennement dans l'intérieur même du rocher par une galerie souterraine. Cette galerie est abandonnée. Je n'ai vu dans ce lieu que de petits oiseaux de montagne qui voltigeaient en silence à l'ouverture de la caverne, comme ces songes placés à l'entrée de l'enfer de Virgile :

Foliisque sub omnibus haerent.

Chambéry est situé dans un bassin dont les bords, rehaussés, sont assez nus ; mais on y arrive par un défilé charmant, et on en sort par une belle vallée. Les montagnes qui resserrent cette vallée étaient en partie revêtues de neige ; elles se cachaient et se découvraient sans cesse sous un ciel mobile, formé de vapeurs et de nuages.

C'est à Chambéry qu'un homme fut accueilli par une femme, et que pour prix de l'hospitalité qu'il en reçut, de l'amitié qu'elle lui porta, il se crut philosophiquement obligé de la déshonorer. Ou Jean-Jacques Rousseau a pensé que la conduite de Mme de Warens était une chose ordinaire, et alors que deviennent les prétentions du citoyen de Genève à la vertu ? Ou il a été d'opinion que cette conduite était répréhensible, et alors il a sacrifié la mémoire de sa bienfaitrice à la vanité d'écrire quelques pages éloquentes ; ou, enfin, Rousseau s'est persuadé que ses éloges et le charme de son style feraient passer pardessus les torts qu'il impute à Mme de Warens, et alors c'est le plus odieux des amours-propres. Tel est le danger des lettres : le désir de faire du bruit l'emporte quelquefois sur des sentiments nobles et généreux. Si Rousseau ne fût jamais devenu un homme célèbre, il aurait enseveli dans les vallées de la Savoie les faiblesses de la femme qui l'avait nourri ; il se serait sacrifié aux défauts même de son amie ; il l'aurait soulagée dans ses vieux ans, au lieu de se contenter de lui donner une tabatière d'or et de s'enfuir. Maintenant que tout est fini pour Rousseau, qu'importe à l'auteur des Confessions que sa poussière soit ignorée ou fameuse ? Ah ! que la voix de l'amitié trahie ne s'élève jamais contre mon tombeau !

Les souvenirs historiques entrent pour beaucoup dans le plaisir ou dans le déplaisir du voyageur. Les princes de la maison de Savoie, aventureux et chevaleresques, marient bien leur mémoire aux montagnes qui couvrent leur petit empire.

Après avoir passé Chambéry, le cours de l'Isère mérite d'être remarqué au pont de Montmélian. Les Savoyards sont agiles, assez bien faits, d'une complexion pâle, d'une figure régulière ; ils tiennent de l'Italien et du Français : ils ont l'air pauvre sans indigence, comme leurs vallées. On rencontre partout dans leur pays des croix sur les chemins et des madones dans le tronc des pins et des noyers ; annonce du caractère religieux de ces peuples. Leurs petites églises, environnées d'arbres, font un contraste touchant avec leurs grandes montagnes. Quand les tourbillons de l'hiver descendent de ces sommets chargés de glaces éternelles, le Savoyard vient se mettre à l'abri dans son temple champêtre, et prier sous un toit de chaume celui qui commande aux éléments.

Les vallées où l'on entre au-dessus de Montmélian sont bordées par des monts de diverses formes, tantôt demi-nus, tantôt revêtus de forêts. Le fond de ces vallées représente assez pour la culture les mouvements du terrain et les anfractuosités de Marly, en y mêlant de plus des eaux abondantes et un fleuve. Le chemin a moins l'air d'une route publique que de l'allée d'un parc. Les noyers dont cette allée est ombragée m'ont rappelé ceux que nous admirions dans nos promenades de Savigny. Ces arbres nous rassembleront-ils encore sous leur ombre ? Le poète s'est écrié dans un mouvement de mélancolie :

Beaux arbres qui m'avez vu naître,

Bientôt vous me verrez mourir !

Ceux qui meurent à l'ombre des arbres qui les ont vus naître sont-ils donc si à plaindre !

Les vallées dont je vous parle se terminent au village qui porte le joli nom d'Aigue-Belle. Lorsque je passai dans ce village, la hauteur qui le domine était couronnée de neige : cette neige, fondant au soleil, avait descendu en longs rayons tortueux dans les concavités noires et vertes du rocher : vous eussiez dit d'une gerbe de fusées, ou d'un essaim de beaux serpents blancs qui s'élançaient de la cime des monts dans la vallée.

Aigue-Belle semble clore les Alpes ; mais bientôt en tournant un gros rocher isolé, tombé dans le chemin, vous apercevez de nouvelles vallées qui s'enfoncent dans la chaîne des monts attachés au cours de l'Arche. Ces vallées prennent un caractère plus sévère et plus sauvage.

Les monts des deux côtés se dressent ; leurs flancs deviennent perpendiculaires ; leurs sommets, stériles, commencent à présenter quelques glaciers : des torrents, se précipitant de toutes parts, vont grossir l'Arche, qui court follement. Au milieu de ce tumulte des eaux j'ai remarqué une cascade légère et silencieuse, qui tombe avec une grâce infinie sous un rideau de saules. Cette draperie humide, agitée par le vent, aurait pu représenter aux poètes la robe ondoyante de la Naïade, assise sur une roche élevée. Les anciens n'auraient pas manqué de consacrer un autel aux Nymphes dans ce lieu.

Bientôt le paysage atteint toute sa grandeur : les forêts de pins, jusque alors assez jeunes, vieillissent ; le chemin s'escarpe, se plie et se replie sur des abîmes ; des ponts de bois servent à traverser des gouffres où vous voyez bouillonner l'onde, où vous l'entendez mugir.

Ayant passé Saint-Jean-de-Maurienne, et étant arrivé vers le coucher du soleil à Saint-André, je ne trouvai pas de chevaux, et fus obligé de m'arrêter. J'allai me promener hors du village. L'air devint transparent à la crête des monts ; leurs dentelures se traçaient avec une pureté extraordinaire sur le ciel, tandis qu'une grande nuit sortait peu à peu du pied de ces monts, et s'élevait vers leur cime.

J'entendais la voix du rossignol et le cri de l'aigle ; je voyais les aliziers fleuris dans la vallée et les neiges sur la montagne : un château, ouvrage des Carthaginois, selon la tradition populaire, montrait ses débris sur la pointe d'un roc. Tout ce qui vient de l'homme dans ces lieux est chétif et fragile ; des parcs de brebis formés de joncs entrelacés, des maisons de terre bâties en deux jours : comme si le chevrier de la Savoie, à l'aspect des masses éternelles qui l'environnent, n'avait pas cru devoir se fatiguer pour les besoins passagers de sa courte vie ! comme si la tour d'Annibal en ruine l'eût averti du peu de durée et de la vanité des monuments !

Je ne pouvais cependant m'empêcher, en considérant ce désert, d'admirer avec effroi la haine d'un homme, plus puissante que tous les obstacles, d'un homme qui du détroit de Cadix s'était frayé une route à travers les Pyrénées et les Alpes pour venir chercher les Romains. Que les récits de l'antiquité ne nous indiquent pas l'endroit précis du passage d'Annibal, peu importe ; il est certain que ce grand capitaine a franchi ces monts alors sans chemins, plus sauvages encore par leurs habitants que par leurs torrents, leurs rochers et leurs forêts. On dit que je comprendrai mieux à Rome cette haine terrible que ne purent assouvir les batailles de la Trébie, de Trasimène et de Cannes : on m'assure qu'aux bains de Caracalla, les murs, jusqu'à hauteur d'homme, sont percés de coups de pique. Est-ce le Germain, le Gaulois, le Cantabre, le Goth, le Vandale, le Lombard, qui s'est acharné contre ces murs ? La vengeance de l'espèce humaine devait peser sur ce peuple libre qui ne pouvait bâtir sa grandeur qu'avec l'esclavage et le sang du reste du monde.

Je partis à la pointe du jour de Saint-André, et j'arrivai vers les deux heures après midi à Lans-le-Bourg, au pied du mont Cenis. En entrant dans le village, je vis un paysan qui tenait un aiglon par les pieds, tandis qu'une troupe impitoyable frappait le jeune roi, insultait à la faiblesse de l'âge et à la majesté tombée : le père et la mère du noble orphelin avaient été tués. On me proposa de me le vendre, mais il mourut des mauvais traitements qu'on lui avait fait subir avant que je le pusse délivrer. N'est-ce pas là le petit Louis XVII, son père et sa mère ?

Ici on commence à gravir le mont Cenis, et l'on quitte la petite rivière d'Arche qui vous a conduit au pied de la montagne : de l'autre coté du mont Cenis, la Doria vous ouvre l'entrée de l'Italie. J'ai eu souvent occasion d'observer cette utilité des fleuves dans mes voyages. Non seulement ils sont eux-mêmes des grands chemins qui marchent, comme les appelle Pascal, mais ils tracent encore le chemin aux hommes et leur facilitent le passage des montagnes. C'est en côtoyant leurs rives que les nations se sont trouvées ; les premiers habitants de la terre pénétrèrent, à l'aide de leur cours, dans les solitudes du monde. Les Grecs et les Romains offraient des sacrifices aux fleuves ; la Fable faisait les fleuves enfants de Neptune, parce qu'ils sont formés des vapeurs de l'Océan et qu'ils mènent à la découverte des lacs et des mers ; fils voyageurs, ils retournent au sein et au tombeau paternels.

Le mont Cenis du côté de la France n'a rien de remarquable. Le lac du plateau ne m'a paru qu'un petit étang. Je fus désagréablement frappé au commencement de la descente vers la Novalaise ; je m'attendais, je ne sais pourquoi, à découvrir les plaines de l'Italie : je ne vis qu'un gouffre noir et profond, qu'un chaos de torrents et de précipices.

En général les Alpes, quoique plus élevées que les montagnes de l'Amérique septentrionale, ne m'ont pas paru avoir ce caractère original, cette virginité de site que l'on remarque dans les Apalaches, ou même dans les hautes terres du Canada : la hutte d'un Siminole sous un magnolia, ou d'un Chipowois sous un pin, a tout un autre caractère que la cabane d'un Savoyard sous un noyer.

Lettre deuxième à M. Joubert
Milan, lundi matin, 21 juin 1803.

Je vais toujours commencer ma lettre, mon cher ami, sans savoir quand j'aurai le temps de la finir.

Réparation complète à l'Italie. Vous aurez vu, par mon petit journal daté de Turin, que je n'avais pas été très flatté de la première vue. L'effet des environs de Turin est beau, mais ils sentent encore la Gaule : on peut se croire en Normandie, aux montagnes près. Turin est une ville nouvelle, propre, régulière, fort ornée de palais, mais d'un aspect un peu triste.

Mes jugements se sont rectifiés en traversant la Lombardie : l'effet ne se produit pourtant sur le voyageur qu'à la longue. Vous voyez d'abord un pays fort riche dans l'ensemble, et vous dites : « C'est bien ; « mais quand vous venez à détailler les objets, l'enchantement arrive. Des prairies dont la verdure surpasse la fraîcheur et la finesse des gazons anglais se mêlent à des champs de maïs, de riz et de froment ; ceux-ci sont surmontés de vignes qui passent d'un échalas à l'autre, formant des guirlandes au-dessus des moissons ; le tout est semé de mûriers, de noyers, d'ormeaux, de saules, de peupliers, et arrosé de rivières et de canaux. Dispersés sur ces terrains, des paysans et des paysannes, les pieds nus, un grand chapeau de paille sur la tête, fauchent les prairies, coupent les céréales, chantent, conduisent des attelages de bœufs, ou font remonter et descendre des barques sur les courants d'eau. Cette scène se prolonge pendant quarante lieues, en augmentant toujours de richesse jusqu'à Milan, centre du tableau. À droite on aperçoit l'Apennin, à gauche les Alpes.

On voyage très vite : les chemins sont excellents ; les auberges, supérieures à celles de France, valent presque celles de l'Angleterre. Je commence à croire que cette France si policée est un peu barbare.

Je ne m'étonne plus du dédain que les Italiens ont conservé pour nous autres Transalpins, Visigoths, Gaulois, Germains, Scandinaves, Slaves, Anglo-Normands : notre ciel de plomb, nos villes enfumées, nos villages boueux, doivent leur faire horreur. Les villes et villages ont ici une tout autre apparence : les maisons sont grandes et d'une blancheur éclatante au dehors ; les rues sont larges et souvent traversées de ruisseaux d'eau vive où les femmes lavent leur linge et baignent leurs enfants. Turin et Milan ont la régularité, la propreté, les trottoirs de Londres et l'architecture des plus beaux quartiers de Paris : il y a même des raffinements particuliers ; au milieu des rues, afin que le mouvement de la voiture soit plus doux, on a placé deux rangs de pierres plates sur lesquelles roulent les deux roues : on évite ainsi les inégalités du pavé.

La température est charmante ; encore me dit-on que je ne trouverai le ciel de l'Italie qu'au delà de l'Apennin : la grandeur et l'élévation des appartements empêche de souffrir de la chaleur.

23 juin.

J'ai vu le général Murat : il m'a reçu avec empressement et obligeance ; je lui ai remis la lettre de l'excellente Mme Bacciochi. J'ai passé ma journée avec des aides de camp et de jeunes militaires ; on ne peut être plus courtois : l'armée française est toujours la même ; l'honneur est là tout entier.

J'ai dîné en grand gala chez M. de Melzi : il s'agissait d'une fête donnée à l'occasion du baptême de l'enfant du général Murat. M. de Melzi a connu mon malheureux frère : nous en avons parlé longtemps. Le vice-président a des manières fort nobles ; sa maison est celle d'un prince, et d'un prince qui l'aurait toujours été. Il m'a traité poliment et froidement, et m'a tout juste trouvé dans des dispositions pareilles aux siennes.

Je ne vous parle point, mon cher ami, des monuments de Milan, et surtout de la cathédrale, qu'on achève ; le gothique, même le marbre, me semble jurer avec le soleil et les mœurs de l'Italie. Je pars à l'instant ; je vous écrirai de Florence et de Rome.

Lettre troisième à M. Joubert
Rome, 27 juin au soir, en arrivant, 1803.

M'y voilà enfin ! toute ma froideur s'est évanouie. Je suis accablé, persécuté par ce que j'ai vu ; j'ai vu, je crois, ce que personne n'a vu, ce qu'aucun voyageur n'a peint : les sots ! les âmes glacées ! les barbares ! Quand ils viennent ici, n'ont-ils pas traversé la Toscane, jardin anglais au milieu duquel il y a un temple, c'est-à-dire Florence ? n'ont-ils pas passé en caravane, avec les aigles et les sangliers, les solitudes de cette seconde Italie appelée l' État romain ? Pourquoi ces créatures voyagent-elles ? Arrivé comme le soleil se couchait, j'ai trouvé toute la population allant se promener dans l'Arabie déserte à la porte de Rome : quelle ville ! quels souvenirs !

28 juin, onze heures du soir.

J'ai couru tout ce jour, veille de la fête de saint Pierre. J'ai déjà vu le Colisée, le Panthéon, la colonne Trajane, le château Saint-Ange, Saint-Pierre ; que sais-je ! j'ai vu l'illumination et le feu d'artifice qui annoncent pour demain la grande cérémonie consacrée au prince des apôtres : tandis qu'on prétendait me faire admirer un feu placé au haut du Vatican, je regardais l'effet de la lune sur le Tibre ; sur ces maisons romaines, sur ces ruines qui pendent ici de toutes parts.

29 juin.

Je sors de l'office à Saint-Pierre. Le pape a une figure admirable : pâle, triste, religieux, toutes les tribulations de l'Église sont sur son front. La cérémonie était superbe ; dans quelques moments surtout elle était étonnante ; mais chant médiocre, église déserte ; point de peuple.

3 juillet 1803.

Je ne sais si tous ces bouts de ligne finiront par faire une lettre. Je serais honteux, mon cher ami, de vous dire si peu de chose, si je ne voulais, avant d'essayer de peindre les objets, y voir un peu plus clair. Malheureusement j'entrevois déjà que la seconde Rome tombe à son tour : tout finit.

Sa Sainteté m'a reçu hier ; elle m'a fait asseoir auprès d'elle de la manière la plus affectueuse. Elle m'a montré obligeamment qu'elle lisait le Génie du Christianisme, dont elle avait un volume ouvert sur sa table. On ne peut voir un meilleur homme, un plus digne prélat et un prince plus simple : ne me prenez pas pour Mme de Sévigné. Le secrétaire d'État, le cardinal Gonsalvi, est un homme d'un esprit fin et d'un caractère modéré. Adieu ! Il faut pourtant mettre tous ces petits papiers à la poste.

Tivoli et la Villa Adriana
10 décembre 1803.

Je suis peut-être le premier étranger qui ait fait la course de Tivoli dans une disposition d'âme qu'on ne porte guère en voyage. Me voilà seul arrivé à sept heures du soir, le 10 décembre, à l'auberge du Temple de la Sibylle. J'occupe une petite chambre à l'extrémité de l'auberge, en face de la cascade, que j'entends mugir. J'ai essayé d'y jeter un regard ; je n'ai découvert dans la profondeur de l'obscurité que quelques lueurs blanches produites par le mouvement des eaux. Il m'a semblé apercevoir au loin une enceinte formée d'arbres et de maisons, et autour de cette enceinte un cercle de montagnes. Je ne sais ce que le jour changera demain à ce paysage de nuit.

Le lieu est propre à la réflexion et à la rêverie : je remonte dans ma vie passée ; je sens le poids du présent, et je cherche à pénétrer mon avenir. Où serai-je, que ferai-je, et que serai-je dans vingt ans d'ici ? Toutes les fois que l'on descend en soi-même, à tous les vagues projets que l'on forme, on trouve un obstacle invincible, une incertitude causée par une certitude : cet obstacle, cette certitude est la mort, cette terrible mort qui arrête tout, qui vous frappe vous ou les autres.

Est-ce un ami que vous avez perdu ? En vain avez-vous mille choses à lui dire : malheureux, isolé, errant sur la terre, ne pouvant conter vos peines ou vos plaisirs à personne, vous appelez votre ami, et il ne viendra plus soulager vos maux, partager vos joies ; il ne vous dira plus : « Vous avez eu tort, vous avez eu raison d'agir ainsi. « Maintenant il vous faut marcher seul. Devenez riche, puissant, célèbre, que ferez-vous de ces prospérités sans votre ami ? Une chose a tout détruit, la mort. Flots qui vous précipitez dans cette nuit profonde où je vous entends gronder, disparaissez-vous plus vite que les jours de l'homme, ou pouvez-vous me dire ce que c'est que l'homme, vous qui avez vu passer tant de générations sur ces bords ?

Ce 11 décembre.

Aussitôt que le jour a paru, j'ai ouvert mes fenêtres. Ma première vue de Tivoli dans les ténèbres était assez exacte ; mais la cascade m'a paru petite, et les arbres que j'avais cru apercevoir n'existaient point. Un amas de vilaines maisons s'élevait de l'autre côté de la rivière ; le tout était enclos de montagnes dépouillées. Une vive aurore derrière ces montagnes, le temple de Vesta, à quatre pas de moi, dominant la grotte de Neptune, m'ont consolé. Immédiatement au-dessus de la chute, un troupeau de bœufs, d'ânes et de chevaux s'est rangé le long d'un banc de sable : toutes ces bêtes se sont avancées d'un pas dans le Teverone, ont baissé le cou et ont bu lentement au courant de l'eau qui passait comme un éclair devant elles, pour se précipiter. Un paysan sabin, vêtu d'une peau de chèvre et portant une espèce de chlamyde roulée au bras gauche, s'est appuyé sur un bâton et a regardé boire son troupeau, scène qui contrastait par son immobilité et son silence avec le mouvement et le bruit des flots.

Mon déjeuner fini, on m'a amené un guide, et je suis allé me placer avec lui sur le pont de la cascade : j'avais vu la cataracte du Niagara. Du pont de la cascade nous sommes descendus à la grotte de Neptune, ainsi nommée, je crois, par Vernet. L'Anio, après sa première chute sous le pont, s'engouffre parmi des roches et reparaît dans cette grotte de Neptune, pour aller faire une seconde chute à la grotte des Sirènes.

Le bassin de la grotte de Neptune a la forme d'une coupe : j'y ai vu boire des colombes. Un colombier creusé dans le roc, et ressemblant à l'aire d'un aigle plutôt qu'à l'abri d'un pigeon, présente à ces pauvres oiseaux une hospitalité trompeuse ; ils se croient en sûreté dans ce lieu en apparence inaccessible ; ils y font leur nid ; mais une route secrète y mène : pendant les ténèbres, un ravisseur enlève les petits qui dormaient sans crainte au bruit des eaux sous l'aile de leur mère :

Observans nido implumes detraxit.

De la grotte de Neptune remontant à Tivoli, et sortant par la porte Angelo ou de l'Abruzze, mon cicérone m'a conduit dans le pays des Sabins, pubemque sabellum. J'ai marché à l'aval de l'Anio jusqu'à un champ d'oliviers, où s'ouvre une vue pittoresque sur cette célèbre solitude. On aperçoit à la fois le temple de Vesta, les grottes de Neptune et des Sirènes, et les cascatelles qui sortent d'un des portiques de la villa de Mécène. Une vapeur bleuâtre répandue à travers le paysage en adoucissait les plans.

On a une grande idée de l'architecture romaine lorsqu'on songe que ces masses bâties depuis tant de siècles ont passé du service des hommes à celui des éléments, qu'elles soutiennent aujourd'hui le poids et le mouvement des eaux, et sont devenues les inébranlables rochers de ces tumultueuses cascades.

Ma promenade a duré six heures. Je suis entré, en revenant à mon auberge, dans une cour délabrée, aux murs de laquelle sont appliquées des pierres sépulcrales chargées d'inscriptions mutilées. J'ai copié quelques-unes de ces inscriptions. Que peut-il y avoir de plus vain ? Je lis sur une pierre les regrets qu'un vivant donnait à un mort ; ce vivant est mort à son tour, et après deux mille ans je viens, moi barbare des Gaules, parmi les ruines de Rome, étudier ces épitaphes dans une retraite abandonnée, moi indifférent à celui qui pleura comme à celui qui fut pleuré, moi qui demain m'éloignerai pour jamais de ces lieux, et qui disparaîtrai bientôt de la terre.

Tous ces poètes de Rome qui passèrent à Tibur se plurent à retracer la rapidité de nos jours : Carpe diem, disait Horace ; Te spectem suprema mihi cum venerit hora, disait Tibulle : Virgile peignait cette dernière heure : Invalidasque tibi tendens, heu ! non tua, palmas. Qui n'a perdu quelque objet de son affection ? Qui n'a vu se lever vers lui des bras défaillants ? Un ami mourant a souvent voulu que son ami lui prît la main pour le retenir dans la vie, tandis qu'il se sentait entraîné par la mort. Heu ! non tua ! Ce vers de Virgile est admirable de tendresse et de douleur. Malheur à qui n'aime pas les poètes ! je dirais presque d'eux ce que dit Shakespeare des hommes insensibles à l'harmonie.

Je retrouvai en rentrant chez moi la solitude que j'avais laissée au dehors. La petite terrasse de l'auberge conduit au temple de Vesta. Les peintres connaissent cette couleur des siècles que le temps applique aux vieux monuments, et qui varie selon les climats : elle se retrouve au temple de Vesta. On fait le tour du petit édifice entre le péristyle et la cella en une soixantaine de pas. Le véritable temple de la Sibylle contraste avec celui-ci par la forme carrée et le style sévère de son ordre d'architecture. Lorsque la chute de l'Anio était placée un peu plus à droite, comme on le suppose, le temple devait être immédiatement suspendu sur la cascade : le lieu était propre à l'inspiration de la prêtresse et à l'émotion religieuse de la foule.

J'ai jeté un dernier regard sur les montagnes du nord que les brouillards du soir couvraient d'un rideau blanc, sur la vallée du midi, sur l'ensemble du paysage, et je suis retourné à ma chambre solitaire. À une heure du matin, le vent soufflant avec violence, je me suis levé, et j'ai passé le reste de la nuit sur la terrasse. Le ciel était chargé de nuages, la tempête mêlait ses gémissements, dans les colonnes du temple, au bruit de la cascade : on eût cru entendre des voix tristes sortir des soupiraux de l'antre de la Sibylle. La vapeur de la chute de l'eau remontait vers moi du fond du gouffre comme une ombre blanche : c'était une véritable apparition. Je me croyais transporté au bord des grèves ou dans les bruyères de mon Armorique, au milieu d'une nuit d'automne ; les souvenirs du toit paternel effaçaient pour moi ceux des foyers de César : chaque homme porte en lui un monde composé de tout ce qu'il a vu et aimé, et où il rentre sans cesse, alors même qu'il parcourt et semble habiter un monde étranger.

Dans quelques heures je vais aller visiter la villa Adriana.

12 décembre.

La grande entrée de la villa Adriana était à l'Hippodrome, sur l'ancienne voie Tiburtine, à très peu de distance du tombeau des Plautius. Il ne reste aucun vestige d'antiquités dans l'Hippodrome, converti en champs de vignes.

En sortant d'un chemin de traverse fort étroit, une allée de cyprès, coupée par la cime, m'a conduit à une méchante ferme, dont l'escalier croulant était rempli de morceaux de porphyre, de vert antique, de granit, de rosaces de marbre blanc et de divers ornements d'architecture. Derrière cette ferme se trouve le théâtre romain, assez bien conservé : c'est un demi-cercle composé de trois rangs de sièges. Ce demi-cercle est formé par un mur en ligne droite qui lui sert comme de diamètre ; l'orchestre et le théâtre faisaient face à la loge de l'empereur.

Le fils de la fermière, petit garçon presque tout nu, âgé d'environ douze ans, m'a montré sa loge et les chambres des acteurs. Sous les gradins destinés aux spectateurs, dans un endroit où l'on dépose les instruments de labourage, j'ai vu le torse d'un Hercule colossal, parmi des socs, des herses et des râteaux : les empires naissent de la charrue et disparaissent sous la charrue.

L'intérieur du théâtre sert de basse-cour et de jardin à la ferme : il est planté de pruniers et de poiriers. Le puits que l'on a creusé au milieu est accompagné de deux piliers qui portent les seaux ; un de ces piliers est composé de boue séchée et de pierres entassées au hasard, l'autre est fait d'un beau tronçon de colonne cannelée ; mais pour dérober la magnificence de ce second pilier, et le rapprocher de la rusticité du premier, la nature a jeté dessus un manteau de lierre. Un troupeau de porcs noirs fouillait et bouleversait le gazon qui recouvre les gradins du théâtre : pour ébranler les sièges des maîtres de la terre, la Providence n'avait eu besoin que de faire croître quelques racines de fenouil entre les jointures de ces sièges et de livrer l'ancienne enceinte de l'élégance romaine aux immondes animaux du fidèle Eumée.

Du théâtre, en montant par l'escalier de la ferme, je suis arrivé à la Palestrine, semée de plusieurs débris. La voûte d'une salle conserve des ornements d'un dessin exquis.

Là commence le vallon appelé par Adrien la Vallée de Tempé. J'ai vu à Stowe, en Angleterre, la répétition de cette fantaisie impériale ; mais Adrien avait taillé son jardin anglais en homme qui possédait le monde.

Au bout d'un petit bois d'ormes et de chênes verts, on aperçoit des ruines qui se prolongent le long de la vallée de Tempé ; doubles et triples portiques, qui servaient à soutenir les terrasses des fabriques d'Adrien. La vallée continue à s'étendre à perte de vue vers le midi ; le fond en est planté de roseaux, d'oliviers et de cyprès. La colline occidentale du vallon, figurant la chaîne de l'Olympe, est décorée par la masse du Palais, de la Bibliothèque, des Hospices, des temples d'Hercule et de Jupiter, et par les longues arcades festonnées de lierre qui portaient ces édifices. Une colline parallèle, mais moins haute, borde la vallée à l'orient ; derrière cette colline s'élèvent en amphithéâtre les montagnes de Tivoli, qui devaient représenter l'Ossa.

Dans un champ d'oliviers, un coin du mur de la villa de Brutus fait le pendant des débris de la villa de César. La liberté dort en paix avec le despotisme : le poignard de l'une et la hache de l'autre ne sont plus que des fers rouillés ensevelis sous les mêmes décombres.

De l'immense bâtiment qui, selon la tradition, était consacré à recevoir les étrangers, on parvient, en traversant des salles ouvertes de toutes parts, à l'emplacement de la Bibliothèque. Là commence un dédale de ruines entrecoupées de jeunes taillis, de bouquets de pins, de champs d'oliviers de plantations diverses qui charment les yeux et attristent le cœur.

Un fragment détaché tout à coup de la voûte de la Bibliothèque a roulé à mes pieds, comme je passais : un peu de poussière s'est élevée, quelques plantes ont été déchirées et entraînées dans sa chute. Les plantes renaîtront demain ; le bruit et la poussière se sont dissipés à l'instant : voilà ce nouveau débris couché pour des siècles auprès de ceux qui paraissaient l'attendre. Les empires se plongent de la sorte dans l'éternité, où ils gisent silencieux. Les hommes ne ressemblent pas mal aussi à ces ruines qui viennent tour à tour joncher la terre : la seule différence qu'il y ait entre eux, comme entre ces ruines, c'est que les uns se précipitent devant quelques spectateurs, et que les autres tombent sans témoins.

J'ai passé de la Bibliothèque au cirque du Lycée : on venait d'y couper des broussailles pour faire du feu. Ce cirque est appuyé contre le temple des Stoïciens. Dans le passage qui mène à ce temple, en jetant les yeux derrière moi, j'ai aperçu les hauts murs lézardés de la Bibliothèque, lesquels dominaient les murs moins élevés du Cirque. Les premiers, à demi cachés dans des cimes d'oliviers sauvages, étaient eux-mêmes dominés d'un énorme pin à parasol, et au-dessus de ce pin s'élevait le dernier pic du mont Calva, coiffé d'un nuage. Jamais le ciel et la terre, les ouvrages de la nature et ceux des hommes ne se sont mieux mariés dans un tableau.

Le temple des Stoïciens est peu éloigné de la place d'Armes. Par l'ouverture d'un portique, on découvre, comme dans un optique, au bout d'une avenue d'oliviers et de cyprès, la montagne de Palomba, couronnée du premier village de la Sabine. À gauche du Poecile, et sous le Poecile même, on descend dans les Cento-Cellae des gardes prétoriennes : ce sont des loges voûtées de huit pieds à peu près en carré, à deux, trois et quatre étages, n'ayant aucune communication entre elles, et recevant le jour par la porte. Un fossé règne le long de ces cellules militaires, où il est probable qu'on entrait au moyen d'un pont mobile. Lorsque les cent ponts étaient abaissés, que les prétoriens passaient et repassaient sur ces ponts, cela devait offrir un spectacle singulier, au milieu des jardins de l'empereur philosophe qui mit un dieu de plus dans l'olympe. Le laboureur du patrimoine de saint Pierre fait aujourd'hui sécher sa moisson dans la caserne du légionnaire romain. Quand le peuple-roi et ses maîtres élevaient tant de monuments fastueux, ils ne se doutaient guère qu'ils bâtissaient les caves et les greniers d'un chevrier de la Sabine et d'un fermier d'Albano.

Après avoir parcouru une partie des Cento-Cellae, j'ai mis un assez long temps à me rendre dans la partie du jardin dépendante des Thermes des femmes : là, j'ai été surpris par la pluie.

Je me suis souvent fait deux questions au milieu des ruines romaines : les maisons des particuliers étaient composées d'une multitude de portiques, de chambres voûtées, de chapelles, de salles, de galeries souterraines, de passages obscurs et secrets : à quoi pouvait servir tant de logement pour un seul maître ? Les offices des esclaves, des hôtes, des clients, étaient presque toujours construites à part.

Pour résoudre cette première question, je me figure le citoyen romain dans sa maison comme une espèce de religieux qui s'était bâti des cloîtres. Cette vie intérieure, indiquée par la seule forme des habitations, ne serait-elle point une des causes de ce calme qu'on remarque dans les écrits des anciens ? Cicéron retrouvait dans les longues galeries de ses habitations, dans les temples domestiques qui y étaient cachés, la paix qu'il avait perdue au commerce des hommes. Le jour même que l'on recevait dans ces demeures semblait porter à la quiétude. Il descendait presque toujours de la voûte ou des fenêtres percées très haut ; cette lumière perpendiculaire, si égale et si tranquille, avec laquelle nous éclairons nos salons de peinture, servait, si j'ose m'exprimer ainsi, servait au Romain à contempler le tableau de sa vie. Nous, il nous faut des fenêtres sur des rues, sur des marchés et des carrefours. Tout ce qui s'agite et fait du bruit nous plaît ; le recueillement, la gravité, le silence, nous ennuient.

La seconde question que je me fais est celle-ci : Pourquoi tant de monuments consacrés aux mêmes usages ? on voit incessamment des salles pour des bibliothèques, et il y avait peu de livres chez les anciens. On rencontre à chaque pas des thermes : les thermes de Néron, de Titus, de Caracalla, de Dioclétien, etc. Quand Rome eut été trois fois plus peuplée qu'elle ne l'a jamais été, la dixième partie de ces bains aurait suffi aux besoins publics.

Je me réponds qu'il est probable que ces monuments furent dès l'époque de leur érection de véritables ruines et des lieux délaissés. Un empereur renversait ou dépouillait les ouvrages de son devancier, afin d'entreprendre lui-même d'autres édifices, que son successeur se hâtait à son tour d'abandonner. Le sang et les sueurs des peuples furent employés aux inutiles travaux de la vanité d'un homme, jusqu'au jour où les vengeurs du monde, sortis du fond de leurs forêts, vinrent planter l'humble étendard de la croix sur ces monuments de l'orgueil.

La pluie passée, j'ai visité le Stade, pris connaissance du temple de Diane, en face duquel s'élevait celui de Vénus, et j'ai pénétré dans les décombres du palais de l'empereur. Ce qu'il y a de mieux conservé dans cette destruction informe est une espèce de souterrain ou de citerne formant un carré, sous la cour même du palais. Les murs de ce souterrain étaient doubles : chacun des deux murs a deux pieds et demi d'épaisseur, et l'intervalle qui les sépare est de deux pouces.

Sorti du palais, je l'ai laissé sur la gauche derrière moi, en m'avançant à droite vers la campagne romaine. À travers un champ de blé, semé sur des caveaux, j'ai abordé les thermes, connus encore sous le nom de chambres des philosophes ou de salles prétoriennes : c'est une des ruines les plus imposantes de toute la villa. La beauté, la hauteur, la hardiesse et la légèreté des voûtes, les divers enlacements des portiques qui se croisent, se coupent ou se suivent parallèlement, le paysage qui joue derrière ce grand morceau d'architecture, produisent un effet surprenant. La villa Adriana a fourni quelques restes précieux de peinture. Le peu d'arabesques que j'y ai vues est d'une grande sagesse de composition et d'un dessin aussi délicat que pur.

La Naumachie se trouve derrière les thermes, bassin creusé de main d'homme, où d'énormes tuyaux, qu'on voit encore, amenaient des neuves. Ce bassin, maintenant à sec, était rempli d'eau, et l'on y figurait des batailles navales. On sait que dans ces fêtes un ou deux milliers d'hommes s'égorgeaient quelquefois pour divertir la populace romaine.

Autour de la Naumachie s'élevaient des terrasses destinées aux spectateurs : ces terrasses étaient appuyées par des portiques qui servaient de chantiers ou d'abris aux galères.

Un temple imité de celui de Sérapis en Égypte ornait cette scène. La moitié du grand dôme de ce temple est tombée. À la vue de ces piliers sombres, de ces cintres concentriques, de ces espèces d'entonnoirs où mugissait l'oracle, on sent qu'on n'habite plus l'Italie et la Grèce, que le génie d'un autre peuple a présidé à ce monument. Un vieux sanctuaire offre sur ses murs verdâtres et humides quelques traces du pinceau. Je ne sais quelle plainte errait dans l'édifice abandonné.

J'ai gagné de là le temple de Pluton et de Proserpine, vulgairement appelé l'Entrée de l'Enfer. Ce temple est maintenant la demeure d'un vigneron : je n'ai pu y pénétrer : le maître comme le dieu n'y était pas. Au-dessous de l'Entrée de l'Enfer s'étend un vallon appelé le Vallon du Palais : on pourrait le prendre pour l'Élysée. En avançant vers le midi, et suivant un mur qui soutenait les terrasses attenantes au temple de Pluton, j'ai aperçu les dernières ruines de la villa, situées à plus d'une lieue de distance.

Revenu sur mes pas, j'ai voulu voir l'académie, formée d'un jardin, d'un temple d'Apollon et de divers bâtiments destinés aux philosophes. Un paysan m'a ouvert une porte pour passer dans le champ d'un autre propriétaire, et je me suis trouvé à l'Odéon et au théâtre grec : celui-ci est assez bien conservé quant à la forme. Quelque génie mélodieux était sans doute resté dans ce lieu consacré à l'harmonie, car j'y ai entendu siffler le merle le 12 décembre : une troupe d'enfants occupés à cueillir les olives faisait retentir de ses chants des échos qui peut-être avaient répété les vers de Sophocle et la musique de Timothée.

Là s'est achevée ma course, beaucoup plus longue qu'on ne la fait ordinairement : je devais cet hommage à un prince voyageur. On trouve plus loin le grand portique, dont il reste peu de chose ; plus loin encore, les débris de quelques bâtiments inconnus ; enfin, les Colle di San Stefano, où se termine la villa, portent les ruines du Prytanée.

Depuis l'Hippodrome jusqu'au Prytanée, la villa Adriana occupait les sites connus à présent sous le nom de Rocca Brana, Palazza, Aqua Fera et les Colle di San Stefano.

Adrien fut un prince remarquable, mais non un des plus grands empereurs romains ; c'est pourtant un de ceux dont on se souvient le plus aujourd'hui. Il a laissé partout ses traces : une muraille célèbre dans la Grande-Bretagne, peut-être l'arène de Nîmes et le pont du Gard dans les Gaules, des temples en Égypte, des aqueducs à Troie, une nouvelle ville à Jérusalem et à Athènes, un pont où l'on passe encore, et une foule d'autres monuments à Rome, attestent le goût, l'activité et la puissance d'Adrien. Il était lui-même poète, peintre et architecte. Son siècle est celui de la restauration des arts.

La destinée du Mole Adriani est singulière : les ornements de ce sépulcre servirent d'armes contre les Goths. La civilisation jeta des colonnes et des statues à la tête de la barbarie, ce qui n'empêcha pas celle-ci d'entrer. Le mausolée est devenu la forteresse des papes ; il s'est aussi converti en une prison ; ce n'est pas mentir à sa destination primitive. Ces vastes édifices élevés sur les cendres des hommes n'agrandissent point les proportions du cercueil : les morts sont dans leur loge sépulcrale comme cette statue assise dans un temple trop petit d'Adrien ; s'ils voulaient se lever, ils se casseraient la tête contre la voûte.

Adrien, en arrivant au trône, dit tout haut à l'un de ses ennemis : « Vous voilà sauvé. « Le mot est magnanime. Mais on ne pardonne pas au génie comme on pardonne à la politique : le jaloux Adrien, en voyant les chefs-d'œuvre d'Apollodore, se dit tout bas : « Le voilà perdu ; « et l'artiste fut tué.

Je n'ai pas quitté la villa Adriana sans remplir d'abord mes poches de petits fragments de porphyre, d'albâtre, de vert antique, de morceaux de stuc peint et de mosaïque ; ensuite j'ai tout jeté.

Elles ne sont déjà plus pour moi, ces ruines, puisqu'il est probable que rien ne m'y ramènera. On meurt à chaque moment pour un temps, une chose, une personne qu'on ne reverra jamais : la vie est une mort successive. Beaucoup de voyageurs, mes devanciers, ont écrit leur nom sur les marbres de la villa Adriana ; ils ont espéré prolonger leur existence en attachant à des lieux célèbres un souvenir de leur passage. Tandis que je m'efforçais de lire un de ces noms, nouvellement crayonné et que je croyais reconnaître, un oiseau s'est envolé d'une touffe de lierre ; il a fait tomber quelques gouttes de la pluie passée ; le nom a disparu.

Promenade dans Rome au clair de lune

Du haut de la Trinité du Mont, les clochers et les édifices lointains paraissent comme les ébauches effacées d'un peintre, ou comme des côtes inégales vues de la mer, du bord d'un vaisseau à l'ancre.

Ombre de l'obélisque : combien d'hommes ont regardé cette ombre en Égypte et à Rome ?

Trinité du Mont déserte : un chien aboyant dans cette retraite des Français. Une petite lumière dans la chambre élevée de la villa Médicis.

Le Cours : calme et blancheur des bâtiments, profondeur des ombres transversales. Place Colonne : Colonne Antonine à moitié éclairée.

Panthéon : sa beauté au clair de la lune.

Colisée : sa grandeur et son silence à cette même clarté.

Saint-Pierre : effet de la lune sur son dôme, sur le Vatican, sur l'obélisque, sur les deux fontaines, sur la colonnade circulaire.

Une jeune femme me demande l'aumône : sa tête est enveloppée dans son jupon relevé ; la poverina ressemble à une madone : elle a bien choisi le temps et le lieu. Si j'étais Raphael, je ferais un tableau. Le Romain demande parce qu'il meurt de faim ; il n'importe pas si on le refuse ; comme ses ancêtres, il ne fait rien pour vivre : il faut que son sénat ou son prince le nourrisse.

Rome sommeille au milieu de ces ruines. Cet astre de la nuit, ce globe que l'on suppose un monde fini et dépeuplé, promène ses pâles solitudes au-dessus des solitudes de Rome ; il éclaire des rues sans habitants, des enclos, des places, des jardins où il ne passe personne, des monastères où l'on n'entend plus la voix des cénobites, des cloîtres qui sont aussi déserts que les portiques du Colisée.

Que se passait-il il y a dix-huit siècles à pareille heure et aux mêmes lieux ? Non seulement l'ancienne Italie n'est plus, mais l'Italie du moyen âge a disparu. Toutefois la trace de ces deux Italies est encore bien marquée à Rome : si la Rome moderne montre son Saint-Pierre et tous ses chefs-d'œuvre, la Rome ancienne lui oppose son Panthéon et tous ses débris ; si l'une fait descendre du Capitole ses consuls et ses empereurs, l'autre amène du Vatican la longue suite de ses pontifes. Le Tibre sépare les deux gloires : assises dans la même poussière, Rome païenne s'enfonce de plus en plus dans ses tombeaux, et Rome chrétienne redescend peu à peu dans les catacombes d'où elle est sortie.

J'ai dans la tête le sujet d'une vingtaine de lettres sur l'Italie, qui peut-être se feraient lire, si je parvenais à rendre mes idées telles que je les conçois : mais les jours s'en vont, et le repos me manque. Je me sens comme un voyageur qui forcé de partir demain a envoyé devant lui ses bagages. Les bagages de l'homme sont ses illusions et ses années ; il en remet à chaque minute une partie à celui que l'Écriture appelle un courrier rapide : le Temps.

Voyage de Naples
Terracine, 31 décembre.

Voici les personnages, les équipages, les choses et les objets que l'on rencontre pêle-mêle sur les routes de l'Italie : des Anglais et des Russes, qui voyagent à grands frais dans de bonnes berlines, avec tous les usages et les préjugés de leurs pays ; des familles italiennes qui passent dans de vieilles calèches pour se rendre économiquement aux vendanges ; des moines à pied, tirant par la bride une mule rétive chargée de reliques ; des laboureurs conduisant des charrettes que traînent de grands bœufs, et qui portent une petite image de la Vierge élevée sur le timon au bout d'un bâton ; des paysannes voilées ou les cheveux bizarrement tressés, jupon court de couleur tranchante, corsets ouverts aux mamelles, et entrelacés avec des rubans, colliers et bracelets de coquillages ; des fourgons attelés de mulets ornés de sonnettes, de plumes et d'étoffe rouge ; des bacs, des ponts et des moulins ; des troupeaux d'ânes, de chèvres, de moutons ; des voiturins, des courriers, la tête enveloppée et un réseau comme les Espagnols ; des enfants tout nus ; des pèlerins, des mendiants, des pénitents blancs ou noirs ; des militaires cahotés dans de méchantes carrioles ; des escouades de gendarmerie ; des vieillards mêlés à des femmes. L'air de bienveillance est grand, mais grand est aussi l'air de curiosité ; on se suit des yeux tant qu'on peut se voir, comme si on voulait se parler, et l'on ne se dit mot.

Dix heures du soir.

J'ai ouvert ma fenêtre : les flots venaient expirer au pied des murs de l'auberge. Je ne revois jamais la mer sans un mouvement de joie et presque de tendresse.

Gaète, 1er janvier 1804.

Encore une année écoulée !

En sortant de Fondi j'ai salué le premier verger d'orangers : ces beaux arbres étaient aussi chargés de fruits murs que pourraient l'être les pommiers les plus féconds de la Normandie. Je trace ce peu de mots à Gaète, sur un balcon, à quatre heures du soir, par un soleil superbe, ayant en vue la pleine mer. Ici mourut Cicéron, dans cette patrie, comme il le dit lui-même, qu'il avait sauvée : *Moriar in patria saepe servata*. Cicéron fut tué par un homme qu'il avait jadis défendu ; ingratitude dont l'histoire fourmille. Antoine reçut au Forum la tête et les mains de Cicéron ; il donna une couronne d'or et une somme de 200 000 livres à l'assassin ; ce n'était pas le prix de la chose : la tête fut clouée à la tribune publique entre les deux mains de l'orateur. Sous Néron on louait beaucoup Cicéron ; on n'en parla pas sous Auguste. Du temps de Néron le crime s'était perfectionné ; les vieux assassinats du divin Auguste étaient des vétilles, des essais presque de l'innocence au milieu des forfaits nouveaux. D'ailleurs on était déjà loin de la liberté ; on ne savait plus ce que c'était : les esclaves qui assistaient aux jeux du cirque allaient-ils prendre feu pour les rêveries des Caton et des Brutus ? Les rhéteurs pouvaient donc, en toute sûreté de servitude, louer le paysan d'Arpinum. Néron lui-même aurait été homme à débiter des harangues sur l'excellence de la liberté ; et si le peuple romain se fût endormi pendant ces harangues, comme il est à croire, son maître, selon la coutume, l'eût fait réveiller à coups de bâton pour le forcer d'applaudir.

Naples, 2 janvier.

Le duc d'Anjou, roi de Naples, frère de saint Louis, fit mettre à mort Conradin, légitime héritier de la couronne de Sicile. Conradin sur l'échafaud jeta son gant dans la foule qui le releva ? Louis XVI, descendant de saint Louis.

Le royaume des Deux-Siciles est quelque chose d'à part en Italie : grec sous les anciens Romains, il a été sarrasin, normand, allemand, français, espagnol, au temps des Romains nouveaux.

L'Italie du moyen âge était l'Italie des deux grandes factions guelfe et gibeline, l'Italie des rivalités républicaines et des petites tyrannies ; on n'y entendait parler que de crimes et de liberté ; tout s'y faisait à la pointe du poignard. Les aventures de cette Italie tenaient du roman : qui ne sait Ugolin, Françoise de Rimini, Roméo et Juliette, Othello ? Les doges de Gênes et de Venise, les princes de Vérone, de Ferrare et de Milan, les guerriers, les navigateurs, les écrivains, les artistes, les marchands de cette Italie étaient des hommes de génie : Grimaldi, Fregose, Adorni, Dandolo, Marin Zeno, Morosini, Gradenigo, Scaligieri, Visconti, Doria, Trivulce, Spinola, Zeno, Pisani, Christophe Colomb, Améric Vespuce, Gabato, le Dante, Pétrarque, Boccace, Arioste, Machiavel, Cardan, Pomponace, Achellini, Érasme, Politien, Michel-Ange, Pérugin, Raphael, Jules Romain, Dominiquin, Titien, Caragio, les Médicis ; mais, dans tout cela, pas un chevalier, rien de l'Europe transalpine.

À Naples, au contraire, la chevalerie se mêle au caractère italien, et les prouesses aux émeutes populaires ; Tancrède et le Tasse, Jeanne de Naples et le bon roi René, qui ne régna point, les Vêpres Siciliennes, Mazaniel et le dernier duc de Guise, voilà les Deux-Siciles. Le souffle de la Grèce vient aussi expirer à Naples ; Athènes a poussé ses frontières jusqu'à Poestum ; ses temples et ses tombeaux forment une ligne au dernier horizon d'un ciel enchanté.

Je n'ai point été frappé de Naples en arrivant : depuis Capoue et ses délices jusqu'ici le pays est fertile, mais peu pittoresque. On entre dans Naples presque sans la voir, par un chemin assez creux.

3 janvier 1804.

Visité le Musée.

Statue d'Hercule dont il y a des copies partout : Hercule en repos appuyé sur un tronc d'arbre ; légèreté de la massue. Vénus : beauté des formes ; draperies mouillées. Buste de Scipion l'Africain.

Pourquoi la sculpture antique est-elle supérieure à la sculpture moderne, tandis que la peinture moderne est vraisemblablement supérieure, ou du moins égale à la peinture antique ?

Pour la sculpture, je réponds :

Les habitudes et les mœurs des anciens étaient plus graves que les nôtres, les passions moins turbulentes. Or, la sculpture, qui se refuse à rendre les petites nuances et les petits mouvements, s'accommodait mieux des poses tranquilles et de la physionomie sérieuse du Grec et du Romain.

De plus, les draperies antiques laissaient voir en partie le nu : ce nu était toujours ainsi sous les yeux des artistes, tandis qu'il n'est exposé qu'occasionnellement aux regards du sculpteur moderne : enfin les formes humaines étaient plus belles.

Pour la peinture, je dis :

La peinture admet beaucoup de mouvement dans les attitudes : conséquemment la matière, quand malheureusement elle est sensible, nuit moins aux grands effets du pinceau.

Les règles de la perspective, qui n'existent presque point pour la sculpture, sont mieux entendues des modernes qu'elles ne l'étaient des anciens. On connaît aujourd'hui un plus grand nombre de couleurs ; reste seulement à savoir si elles sont plus vives et plus pures.

Dans ma revue du Musée, j'ai admiré la mère de Raphael, peinte par son fils : belle et simple, elle ressemble un peu à Raphael lui-même, comme les Vierges de ce génie divin ressemblent à des anges.

Michel-Ange peint par lui-même.

Armide et Renaud : scène du miroir magique.

Pouzzoles et la Solfatara
4 janvier

À Pouzzoles, j'ai examiné le temple des Nymphes, la maison de Cicéron, celle qu'il appelait la Puteolane, d'où il écrivit souvent à Atticus, et où il composa peut-être sa seconde Philippique. Cette villa était bâtie sur le plan de l'Académie d'Athènes : embellie depuis par Velus, elle devint un palais sous l'empereur Adrien, qui y mourut en disant adieu à son âme.

Animula vagula, blandula,

Hospes comesque corporis, etc.

Il voulut qu'on mît sur sa tombe qu'il avait été tué par les médecins :

Turba medicorum regem interfecit.

La science a fait des progrès.

À cette époque, tous les hommes de mérite étaient philosophes, quand ils n'étaient pas chrétiens.

Belle vue dont on jouissait du Portique : un petit verger occupe aujourd'hui la maison de Cicéron ;

Temple de Neptune et tombeaux.

La Solfatare, champ de soufre. Bruit des fontaines d'eau bouillante ; bruit du Tartare pour les poètes.

Vue du golfe de Naples en revenant : cap dessiné par la lumière du soleil couchant ; reflet de cette lumière sur le Vésuve et l'Apennin ; accord ou harmonie de ces feux et du ciel. Vapeur diaphane à fleur d'eau et à mi-montagne. Blancheur des voiles des barques rentrant au port. L'île de Caprée au loin. La montagne des Camaldules avec son couvent et son bouquet d'arbres au-dessus de Naples. Contraste de tout cela avec la Solfatare. Un Français habite sur l'île où se retira Brutus. Grotte d'Esculape. Tombeau de Virgile, d'où l'on découvre le berceau du Tasse.

Le Vésuve
5 janvier 1804.

Aujourd'hui 5 janvier, je suis parti de Naples à sept heures du matin ; me voilà à Portici. Le soleil est dégagé des nuages du levant, mais la tête du Vésuve est toujours dans le brouillard. Je fais marché avec un cicérone pour me conduire au cratère du volcan. Il me fournit deux mules, une pour lui, une pour moi : nous partons.

Je commence à monter par un chemin assez large, entre deux champs de vignes appuyées sur des peupliers. Je m'avance droit au levant d'hiver. J'aperçois, un peu au-dessus des vapeurs descendues dans la moyenne région de l'air, la cime de quelques arbres : ce sont les ormeaux de l'ermitage. De pauvres habitations de vignerons se montrent à droite et à gauche, au milieu des riches ceps du Lacryma Christi. Au reste, partout une terre brûlée, des vignes dépouillées entremêlées de pins en forme de parasol, quelques aloès dans les haies, d'innombrables pierres roulantes, pas un oiseau.

J'arrive au premier plateau de la montagne. Une plaine nue s'étend devant moi. J'entrevois les deux têtes du Vésuve ; à gauche la Somma, à droite la bouche actuelle du volcan : ces deux têtes sont enveloppées de nuages pâles. Je m'avance. D'un côté la Somma s'abaisse ; de l'autre je commence à distinguer les ravines tracées dans le cône du volcan, que je vais bientôt gravir. La lave de 1766 et de 1769 couvre la plaine où je marche. C'est un désert enfumé où les laves, jetées comme des scories de forge, présentent sur un fond noir leur écume blanchâtre, tout à fait semblable à des mousses desséchées.

Suivant le chemin à gauche, et laissant à droite le cône du volcan, j'arrive au pied d'un coteau ou plutôt d'un mur formé de la lave qui a recouvert Herculanum. Cette espèce de muraille est plantée de vignes sur la lisière de la plaine, et son revers offre une vallée profonde occupée par un taillis. Le froid devient très piquant.

Je gravis cette colline pour me rendre à l'ermitage que l'on aperçoit de l'autre côté. Le ciel s'abaisse, les nuages volent sur la terre comme une fumée grisâtre, ou comme des cendres chassées par le vent. Je commence à entendre le murmure des ormeaux de l'ermitage.

L'ermite est sorti pour me recevoir. Il a pris la bride de la mule, et j'ai mis pied à terre. Cet ermite est un grand homme de bonne mine et d'une physionomie ouverte. Il m'a fait entrer dans sa cellule ; il a dressé le couvert, et m'a servi un pain, des pommes et des œufs. Il s'est assis devant moi, les deux coudes appuyés sur la table, et a causé tranquillement tandis que je déjeunais. Les nuages s'étaient fermés de toutes parts autour de nous ; on ne pouvait distinguer aucun objet par la fenêtre de l'ermitage. On n'oyait dans ce gouffre de vapeurs que le sifflement du vent et le bruit lointain de la mer sur les côtes d'Herculanum ; scène paisible de l'hospitalité chrétienne, placée dans une petite cellule au pied d'un volcan et au milieu d'une tempête !

L'ermite m'a présenté le livre où les étrangers ont coutume de noter quelque chose. Dans ce livre, je n'ai pas trouvé une pensée qui méritât d'être retenue ; les Français, avec ce bon goût naturel à leur nation, se sont contentés de mettre la date de leur passage, ou de faire l'éloge de l'ermite. Ce volcan n'a donc inspiré rien de remarquable aux voyageurs ; cela me confirme dans une idée que j'ai depuis longtemps : les très grands sujets, comme les très grands objets, sont peu propres à faire naître les grandes pensées ; leur grandeur étant pour ainsi dire en évidence, tout ce qu'on ajoute au delà du fait ne sert qu'à le rapetisser. Le nascitur ridiculus mus est vrai de toutes les montagnes.

Je pars de l'ermitage à deux heures et demie ; je remonte sur le coteau de lave que j'avais déjà franchi : à ma gauche est la vallée qui me sépare de la Somma, à ma droite la plaine du cône. Je marche en m'élevant sur l'arête du coteau. Je n'ai trouvé dans cet horrible lieu, pour toute créature vivante, qu'une pauvre jeune fille maigre, jaune, demi-nue, et succombant sous un fardeau de bois coupé dans la montagne.

Les nuages ne me laissent plus rien voir ; le vent, soufflant de bas en haut, les chasse du plateau noir que je domine, et les fait passer sur la chaussée de lave que je parcours : je n'entends que le bruit des pas de ma mule.

Je quitte le coteau, je tourne à droite et redescends dans cette plaine de lave qui aboutit au cône du volcan et que j'ai traversée plus bas en montant à l'ermitage. Même en présence de ces débris calcinés, l'imagination se représente à peine ces champs de feu et de métaux fondus au moment des éruptions du Vésuve. Le Dante les avait peut-être vus lorsqu'il a peint dans son Enfer ces sables brûlants où des flammes éternelles descendent lentement et en silence, *come di neve in Alpe senza vento*.

Les nuages s'entrouvrent maintenant sur quelques points ; je découvre subitement et par intervalles Portici, Caprée, Ischia, le Pausilippe, la mer parsemée des voiles blanches des pêcheurs et la côte du golfe de Naples, bordée d'orangers : c'est le paradis vu de l'enfer.

Je touche au pied du cône ; nous quittons nos mules ; mon guide me donne un long bâton, et nous commençons à gravir l'énorme monceau de cendres. Les nuages se referment, le brouillard s'épaissit, et l'obscurité redouble.

Me voilà au haut du Vésuve, écrivant assis à la bouche du volcan et prêt à descendre au fond de son cratère. Le soleil se montre de temps en temps à travers le voile de vapeurs qui enveloppe toute la montagne. Cet accident, qui me cache un des plus beaux paysages de la terre, sert à redoubler l'horreur de ce lieu. Le Vésuve, séparé par les nuages des pays enchantés qui sont à sa base, a l'air d'être ainsi placé dans le plus profond des déserts, et l'espèce de terreur qu'il inspire n'est point affaiblie par le spectacle d'une ville florissante à ses pieds.

Je propose à mon guide de descendre dans le cratère ; il fait quelque difficulté, pour obtenir un peu plus d'argent. Nous convenons d'une somme qu'il veut avoir sur-le-champ. Je la lui donne. Il dépouille son habit ; nous marchons quelque temps sur les bords de l'abîme, pour trouver une ligne moins perpendiculaire et plus facile à descendre. Le guide s'arrête et m'avertit de me préparer. Nous allons nous précipiter.

Nous voilà au fond du gouffre. Je désespère de pouvoir peindre ce chaos.

Qu'on se figure un bassin d'un mille de tour et de trois cents pieds d'élévation, qui va s'élargissant en forme d'entonnoir. Ses bords ou ses parois intérieures sont sillonnées par le fluide de feu que ce bassin a contenu, et qu'il a versé au dehors. Les parties saillantes de ces sillons ressemblent aux jambages de briques dont les Romains appuyaient leurs énormes maçonneries. Des rochers sont suspendus dans quelques parties du contour, et leurs débris, mêlés à une pâte de cendres, recouvrent l'abîme.

Ce fond du bassin est labouré de différentes manières. À peu près au milieu sont creusés trois puits ou petites bouches nouvellement ouvertes, et qui vomirent des flammes pendant le séjour des Français à Naples en 1798.

Des fumées transpirent à travers les pores du gouffre, surtout du côté de la Torre del Greco. Dans le flanc opposé, vers Caserte, j'aperçois une flamme. Quand vous enfoncez la main dans les cendres, vous les trouvez brûlantes à quelques pouces de profondeur sous la surface.

La couleur générale du gouffre est celle d'un charbon éteint. Mais la nature sait répandre des grâces jusque sur les objets les plus horribles : la lave en quelques endroits est pleine d'azur, d'outremer, de jaune et d'orangé. Des blocs de granit, tourmentés et tordus par l'action du feu, se sont recourbés à leurs extrémités, comme des palmes et des feuilles d'acanthe. La matière volcanique, refroidie sur les rocs vifs autour desquels elle a coulé, forme çà et là des rosaces, des girandoles, de rubans ; elle affecte aussi des figures de plantes et d'animaux, et imite les dessins variés que l'on découvre dans les agates. J'ai remarqué sur un rocher bleuâtre un cygne de lave blanche parfaitement modelé ; vous eussiez juré voir ce bel oiseau dormant sur une eau paisible, la tête cachée sous son aile, et son long cou allongé sur son dos comme un rouleau de soie :

Ad vada Meandri concinit albus olor.

Je retrouve ici ce silence absolu que j'ai observé autrefois, à midi, dans les forêts de l'Amérique, lorsque, retenant mon haleine, je n'entendais que le bruit de mes artères dans mes tempes et le battement de mon cœur. Quelquefois seulement des bouffées de vent, tombant du haut du cône au fond du cratère, mugissent dans mes vêtements ou sifflent dans mon bâton ; j'entends aussi rouler quelques pierres que mon guide fait fuir sous ses pas en gravissant les cendres. Un écho confus, semblable au frémissement du métal ou du verre, prolonge le bruit de la chute, et puis tout se tait. Comparez ce silence de mort aux détonations épouvantables qui ébranlaient ces mêmes lieux lorsque le volcan vomissait le feu de ses entrailles et couvrait la terre de ténèbres.

On peut faire ici des réflexions philosophiques et prendre en pitié les choses humaines. Qu'est-ce en effet que ces révolutions si fameuses des empires auprès des accidents de la nature qui changent la face de la terre et des mers ? Heureux du moins si les hommes n'employaient pas à se tourmenter mutuellement le peu de jours qu'ils ont à passer ensemble ! Le Vésuve n'a pas ouvert une seule fois ses abîmes pour dévorer les cités, que ses fureurs n'aient surpris les peuples au milieu du sang et des larmes. Quels sont les premiers signes de civilisation, les premières marques du passage des hommes que l'on a retrouvés sous les cendres éteintes du volcan ? Des instruments de supplice, des squelettes enchaînés.

Les temps varient, et les destinées humaines ont la même inconstance. La vie, dit la chanson grecque, fuit comme la roue d'un char.

Pline a perdu la vie pour avoir voulu contempler de loin le volcan dans le cratère duquel je suis tranquillement assis. Je regarde fumer l'abîme autour de moi. Je songe qu'à quelques toises de profondeur j'ai un gouffre de feu sous mes pieds ; je songe que le volcan pourrait s'ouvrir et me lancer en l'air avec des quartiers de marbre fracassés.

Quelle providence m'a conduit dans ce lieu ? Par quel hasard les tempêtes de l'océan américain m'ont-elles jeté aux champs de Lavinie : Lavinaque venit littora ? Je ne puis m'empêcher de faire un retour sur les agitations de cette vie, « où les choses, dit saint Augustin, sont pleines de misères, l'espérance vide de bonheur : rem plenam miseriae, spem beatitudis inanem. « Né sur les rochers de l'Armorique le premier bruit qui a frappé mon oreille en venant au monde est celui de la mer ; et sur combien de rivages n'ai-je pas vu depuis se briser ces mêmes flots que je retrouve ici ?

Qui m'eût dit il y a quelques années que j'entendrais gémir aux tombeaux de Scipion et de Virgile ces vagues qui se déroulaient à mes pieds, sur les côtes de l'Angleterre, ou sur les grèves du Maryland ? Mon nom est dans la cabane du sauvage de la Floride ; le voilà sur le livre de l'ermite du Vésuve. Quand déposerai-je à la porte de mes pères le bâton et le manteau du voyageur ?

O patria ! o divum domus Ilium !

Patria ou Literne
6 janvier 1804.

Sorti de Naples par la grotte du Pausilippe, j'ai roulé une heure en calèche dans la campagne ; après avoir traversé de petits chemins ombragés, je suis descendu de voiture pour chercher à pied Patria l'ancienne Literne. Un bocage de peupliers s'est d'abord présenté à moi, ensuite des vignes et une plaine semée de blé. La nature était belle, mais triste. À Naples, comme dans l'État romain, les cultivateurs ne sont guère aux champs qu'au temps des semailles et des moissons, après quoi ils se retirent dans les faubourgs des villes ou dans de grands villages. Les campagnes manquent ainsi de hameaux, de troupeaux, d'habitants, et n'ont point le mouvement rustique de la Toscane, du Milanois et des contrées transalpines. J'ai pourtant rencontré aux environs de Patria, quelques fermes agréablement bâties : elles avaient dans leur cour un puits orné de fleurs et accompagné de deux pilastres, que couronnaient des aloès dans des paniers. Il y a dans ce pays un goût naturel d'architecture, qui annonce l'ancienne patrie de la civilisation et des arts.

Des terrains humides semés de fougères, attenant à des fonds boisés, m'ont rappelé les aspects de la Bretagne. Qu'il y a déjà longtemps que j'ai quitté mes bruyères natales ! On vient d'abattre un vieux bois de chênes et d'ormes parmi lesquels j'ai été élevé : je serais tenté de pousser des plaintes, comme ces êtres dont la vie était attachée aux arbres de la magique forêt du Tasse.

J'ai aperçu de loin, au bord de la mer, la tour que l'on appelle Tour de Scipion. À l'extrémité d'un corps de logis que forment une chapelle et une espèce d'auberge, je suis entré dans un camp de pêcheurs : ils étaient occupés à raccommoder leurs filets au bord d'une pièce d'eau. Deux d'entre eux m'ont amené un bateau et m'ont débarqué près d'un pont, sur le terrain de la tour. J'ai passé des dunes, où croissent des lauriers, des myrtes et des oliviers nains. Monté, non sans peine, au haut de la tour, qui sert de point de reconnaissance aux vaisseaux, mes regards ont erré sur cette mer que Scipion avait contemplée tant de fois. Quelques débris des voûtes appelées Grottes de scipion se sont offerts à mes recherches religieuses ; je foulais, saisi de respect, la terre qui couvrait les os de celui dont la gloire cherchait la solitude. Je n'aurai de commun avec ce grand citoyen que ce dernier exil dont aucun homme n'est rappelé.

Baïes
9 janvier.

Vue du haut de Monte-Nuovo : culture au fond de l'entonnoir ; myrtes et élégantes bruyères.

Lac Averne : il est de forme circulaire, et enfoncé dans un bassin de montagnes ; ses bords sont parés de vignes à haute tige. L'antre de la Sibylle est placé vers le midi, dans le flanc des falaises, auprès d'un bois. J'ai entendu chanter les oiseaux, et je les ai vus voler autour de l'antre, malgré les vers de Virgile :

Quam super haud ullae poterant impune volantes

Tendere iter pennis......................

Quant au rameau d'or, toutes les colombes du monde me l'auraient montré, que je n'aurais su le cueillir.

Le lac Averne communiquait au lac Lucrin : restes de ce dernier lac dans la mer ; restes du pont Julia.

On s'embarque, et l'on suit la digue jusqu'aux bains de Néron. J'ai fait cuire des œufs dans le Phlégéton. Rembarqué en sortant des mains de Néron ; tourné le promontoire : sur une côte abandonnée gisent, battues par les flots, les ruines d'une multitude de bains et de villa romaines. Temples de Vénus, de Mercure, de Diane ; tombeaux d'Agrippine, etc. Baïes fut l'Élysée de Virgile et l'Enfer de Tacite.

Herculanum, Portici, Pompéia
11 janvier.

La lave a rempli Herculanum, comme le plomb fondu remplit les concavités d'un moule.

Portici est un magasin d'antiques.

Il y a quatre parties découvertes à Pompeïa : 1° le temple, le quartier des soldats, les théâtres ; 2° une maison nouvellement déblayée par les Français ; 3° un quartier de la ville ; 4° la maison hors de la ville.

Le tour de Pompeïa est d'environ quatre milles. Quartier des soldats, espèce de cloître autour duquel régnaient quarante-deux chambres ; quelques mots latins estropiés et mal orthographiés barbouillés sur les murs. Près de là étaient des squelettes enchaînés : « Ceux qui étaient autrefois enchaînés ensemble, dit Job, ne souffrent plus, et ils n'entendent plus la voix de l'exacteur. «

Un petit théâtre : vingt-et-un gradins en demi-cercle, les corridors derrière. Un grand théâtre : trois portes pour sortir de la scène dans le fond, et communiquant aux chambres des acteurs. Trois rangs marqués pour les gradins ; celui du bas plus large et en marbre. Les corridors derrière, larges et voûtés.

On entrait par le corridor au haut du théâtre, et l'on descendait dans la salle par les vomitoires. Six portes s'ouvraient dans ce corridor. Viennent, non loin de là, un portique carré de soixante colonnes, et d'autres colonnes en ligne droite, allant du midi au nord ; dispositions que je n'ai pas bien comprises.

On trouve deux temples : l'un de ces temples offre trois autels et un sanctuaire élevé.

La maison découverte par les Français est curieuse : les chambres à coucher, extrêmement exiguës, sont peintes en bleu ou en jaune, et décorées de petits tableaux à fresque. On voit dans ces tableaux un personnage romain, un Apollon jouant de la lyre, des paysages, des perspectives de jardins et de villes. Dans la plus grande chambre de cette maison, une peinture représente Ulysse fuyant les Sirènes : le fils de Laerte, attaché au mât de son vaisseau, écoute trois Sirènes placées sur les rochers ; la première touche la lyre, la seconde sonne une espèce de trompette, la troisième chante.

On entre dans la partie la plus anciennement découverte de Pompeïa par une rue d'environ quinze pieds de large ; des deux côtés sont des trottoirs ; le pavé garde la trace des roues en divers endroits. La rue est bordée de boutiques et de maisons dont le premier étage est tombé. Dans deux de ces maisons se voient les choses suivantes :

Une chambre de chirurgien et une chambre de toilette avec des peintures analogues.

On m'a fait remarquer un moulin à blé et les marques d'un instrument tranchant sur la pierre de la boutique d'un charcutier ou d'un boulanger, je ne sais plus lequel.

La rue conduit à une porte de la cité où l'on a mis à nu une portion des murs d'enceinte. À cette porte commençait la file des sépulcres qui bordaient le chemin public. Après avoir passé la porte, on rencontre la maison de campagne si connue. Le portique qui entoure le jardin de cette maison est composé de piliers carrés, groupés trois par trois. Sous ce premier portique, il en existe un second : c'est là que fut étouffée la jeune femme dont le sein s'est imprimé dans le morceau de terre que j'ai vu à Portici : la mort, comme un statuaire, a moulé sa victime.

Pour passer d'une partie découverte de la cité à une autre partie découverte, on traverse un riche sol cultivé ou planté de vignes. La chaleur était considérable, la terre riante de verdure et émaillée de fleurs [N V 3 1].

En parcourant cette cité des morts, une idée me poursuivait. À mesure que l'on déchausse quelque édifice à Pompeïa, on enlève ce que donne la fouille, ustensiles de ménage, instruments de divers métiers, meubles, statues, manuscrits, etc., et l'on entasse le tout au Musée Portici. Il y aurait selon moi quelque chose de mieux à faire : ce serait de laisser les choses dans l'endroit où on les trouve et comme on les trouve, de remettre des toits, des plafonds, des planchers et des fenêtres, pour empêcher la dégradation des peintures et des murs ; de relever l'ancienne enceinte de la ville, d'en clore les portes ; enfin d'y établir une garde de soldats avec quelques savants versés dans les arts. Ne serait-ce pas là le plus merveilleux musée de la terre ? Une ville romaine conservée tout entière, comme si ses habitants venaient d'en sortir un quart d'heure auparavant !

On apprendrait mieux l'histoire domestique du peuple romain, l'état de la civilisation romaine dans quelques promenades à Pompeïa restaurée, que par la lecture de tous les ouvrages de l'antiquité. L'Europe entière accourrait : les frais qu'exigerait la mise en œuvre de ce plan seraient amplement compensés par l'affluence des étrangers à Naples. D'ailleurs rien n'obligerait d'exécuter ce travail à la fois ; on continuerait lentement, mais régulièrement les fouilles ; il ne faudrait qu'un peu de brique, d'ardoise, de plâtre, de pierre, de bois de charpente et de menuiserie pour les employer en proportion du déblai. Un architecte habile suivrait, quant aux restaurations, le style local dont il trouverait des modèles dans les paysages peints sur les murs mêmes des maisons de Pompeïa.

Ce que l'on fait aujourd'hui me semble funeste : ravies à leurs places naturelles, les curiosités les plus rares s'ensevelissent dans des cabinets où elles ne sont plus en rapport avec les objets environnants. D'une autre part, les édifices découverts à Pompeïa tomberont bientôt : les cendres qui les engloutirent les ont conservés ; ils périront à l'air, si on ne les entretient ou on ne les répare.

En tous pays les monuments publics, élevés à grands frais avec des quartiers de granit et de marbre, ont seuls résisté à l'action du temps ; mais les habitations domestiques, les villes proprement dites, se sont écroulées, parce que la fortune des simples particuliers ne leur permet pas de bâtir pour les siècles.

À M. de Fontanes
Rome, le 10 janvier 1804.

J'arrive de Naples, mon cher ami, et je vous porte un fruit de mon voyage, sur lequel vous avez des droits : quelques feuilles du laurier du tombeau de Virgile. « Tenet nunc Parthenope. » Il y a longtemps que j'aurais dû vous parler de cette terre classique, faite pour intéresser un génie tel que le vôtre ; mais diverses raisons m'en ont empêché. Cependant je ne veux pas quitter Rome sans vous dire au moins quelques mots de cette ville fameuse. Nous étions convenus que je vous écrirais au hasard et sans suite tout ce que je penserais de l'Italie, comme je vous disais autrefois l'impression que faisaient sur mon cœur les solitudes du Nouveau Monde. Sans autre préambule, je vais donc essayer de vous peindre les dehors de Rome, ses campagnes et ses ruines.

Vous avez lu tout ce qu'on a écrit sur ce sujet ; mais je ne sais si les voyageurs vous ont donné une idée bien juste du tableau que présente la Campagne de Rome. Figurez-vous quelque chose de la désolation de Tyr et de Babylone, dont parle l'Écriture ; un silence et une solitude aussi vastes que le bruit et le tumulte des hommes qui se pressaient jadis sur ce sol. On croit y entendre retentir cette malédiction du prophète : Venient tibi duo haec subito in die una : sterilitas et viduitas. Vous apercevez çà et là quelques bouts de voies romaines dans des lieux où il ne passe plus personne, quelques traces desséchées des torrents de l'hiver : ces traces, vues de loin, ont elles-mêmes l'air de grands chemins battus et fréquentés, et elles ne sont que le lit désert d'une onde orageuse qui s'est écoulée comme le peuple romain. À peine découvrez-vous quelques arbres, mais partout s'élèvent des ruines d'aqueducs et de tombeaux ; ruines qui semblent être les forêts et les plantes indigènes d'une terre composée de la poussière des morts et des débris des empires. Souvent dans une grande plaine j'ai cru voir de riches moissons ; je m'en approchais : des herbes flétries avaient trompé mon oeil. Parfois sous ces moissons stériles vous distinguez les traces d'une ancienne culture. Point d'oiseaux, point de laboureurs, point de mouvements champêtres, point de mugissements de troupeaux, point de villages. Un petit nombre de fermes délabrées se montrent sur la nudité des champs ; les fenêtres et les portes en sont fermées ; il n'en sort ni fumée, ni bruit, ni habitants. Une espèce de sauvage, presque nu, pâle et miné par la fièvre, garde ces tristes chaumières, comme les spectres qui, dans nos histoires gothiques, défendent l'entrée des châteaux abandonnés. Enfin, l'on dirait qu'aucune nation n'a osé succéder aux maîtres du monde dans leur terre natale, et que ces champs sont tels que les a laissés le soc de Cincinnatus ou la dernière charrue romaine.

C'est du milieu de ce terrain inculte que domine et qu'attriste encore un monument appelé par la voix populaire le Tombeau de Néron, que s'élève la grande ombre de la ville éternelle. Déchue de sa puissance terrestre, elle semble, dans son orgueil, avoir voulu s'isoler : elle s'est séparée des autres cités de la terre ; et, comme une reine tombée du trône, elle a noblement caché ses malheurs dans la solitude.

Il me serait impossible de vous dire ce qu'on éprouve lorsque Rome vous apparaît tout à coup au milieu de ses royaumes vides, *inania regna*, et qu'elle a l'air de se lever pour vous de la tombe où elle était couchée. Tâchez de vous figurer ce trouble et cet étonnement qui saisissaient les prophètes lorsque Dieu leur envoyait la vision de quelque cité à laquelle il avait attaché les destinées de son peuple : *Quasi aspectus splendoris*. La multitude des souvenirs, l'abondance des sentiments vous oppressent ; votre âme est bouleversée à l'aspect de cette Rome qui a recueilli deux fois la succession du monde, comme héritière de Saturne et de Jacob.

Vous croirez peut-être, mon cher ami, d'après cette description, qu'il n'y a rien de plus affreux que les campagnes romaines ? Vous

vous tromperiez beaucoup ; elles ont une inconcevable grandeur : on est toujours prêt, en les regardant, à s'écrier avec Virgile :

Salve, magna parens frugum, Saturnia tellus,

Magna virum !

Si vous les voyez en économiste, elles vous désoleront ; si vous les contemplez en artiste, en poète, et même en philosophe, vous ne voudriez peut-être pas qu'elles fussent autrement. L'aspect d'un champ de blé ou d'un coteau de vignes ne vous donnerait pas d'aussi fortes émotions que la vue de cette terre dont la culture moderne n'a pas rajeuni le sol, et qui est demeurée antique comme les ruines qui la couvrent.

Rien n'est comparable pour la beauté aux lignes de l'horizon romain, à la douce inclinaison des plans, aux contours suaves et fuyants des montagnes qui le terminent. Souvent les vallées dans la campagne prennent la forme d'une arène, d'un cirque, d'un hippodrome ; les coteaux sont taillés en terrasses, comme si la main puissante des Romains avait remué toute cette terre. Une vapeur particulière, répandue dans les lointains, arrondit les objets et dissimule ce qu'ils pourraient avoir de dur ou de heurté dans leurs formes. Les ombres ne sont jamais lourdes et noires ; il n'y a pas de masses si obscures de rochers et de feuillages dans lesquelles il ne s'insinue toujours un peu de lumière. Une teinte singulièrement harmonieuse marie la terre, le ciel et les eaux : toutes les surfaces, au moyen d'une gradation insensible de couleurs, s'unissent par leurs extrémités, sans qu'on puisse déterminer le point où une nuance finit et où l'autre commence. Vous avez sans doute admiré dans les paysages de Claude Lorrain cette lumière qui semble idéale et plus belle que nature ? Eh bien, c'est la lumière de Rome !

Je ne me lassais point de voir à la villa Borghèse le soleil se coucher sur les cyprès du mont Marius et sur les pins de la villa Pamphili, plantés par Le Nôtre. J'ai souvent aussi remonté le Tibre à Ponte-Mole, pour jouir de cette grande scène de la fin du jour. Les sommets des montagnes de la Sabine apparaissent alors de lapis-lazuli et d'opale, tandis que leurs bases et leurs flancs sont noyés dans une vapeur d'une teinte violette et purpurine. Quelquefois de beaux nuages comme des chars légers, portés sur le vent du soir avec une grâce inimitable, font comprendre l'apparition des habitants de l'Olympe sous ce ciel mythologique ; quelquefois l'antique Rome semble avoir étendu dans l'occident toute la pourpre de ses consuls et de ses césars, sous les derniers pas du dieu du jour. Cette riche décoration ne se retire pas aussi vite que dans nos climats : lorsque vous croyez que ses teintes vont s'effacer, elle se ranime sur quelque autre point de l'horizon ; un crépuscule succède à un crépuscule, et la magie du couchant se prolonge. Il est vrai qu'à cette heure du repos des campagnes l'air ne retentit plus de chants bucoliques ; les bergers n'y sont plus, Dulcia linquimus arva ! mais on voit encore les grandes victimes du Clytumne, des bœufs blancs ou des troupeaux de cavales demi-sauvages qui descendent au bord du Tibre et viennent s'abreuver dans ses eaux. Vous vous croiriez transporté au temps des vieux Sabins ou au siècle de l'Arcadien Evandre, pasteurs des peuples, alors que le Tibre s'appelait Albula, et que le pieux Énée remonta ses ondes inconnues.

Je conviendrai toutefois que les sites de Naples sont peut-être plus éblouissants que ceux de Rome : lorsque le soleil enflammé, ou que la lune large et rougie, s'élève au-dessus du Vésuve, comme un globe lancé par le volcan, la baie de Naples avec ses rivages bordés d'orangers, les montagnes de la Pouille, l'île de Caprée, la côte du Pausilippe, Baïes, Misène, Cumes, l'Averne, les champs Élysées, et toute cette terre virgilienne, présentent un spectacle magique ; mais il n'a pas selon moi le grandiose de la campagne romaine. Du moins est-il certain que l'on s'attache prodigieusement à ce sol fameux. Il y a deux mille ans que Cicéron se croyait exilé sous le ciel de l'Asie, et qu'il écrivait à ses amis : Urbem, mi Rufi, cole ; in ista luce vive.

Cet attrait de la belle Ausonie est encore le même. On cite plusieurs exemples de voyageurs qui, venus à Rome dans le dessein d'y passer quelques jours, y sont demeurés toute leur vie. Il fallut que le Poussin vînt mourir sur cette terre des beaux paysages : au moment même où je vous écris, j'ai le bonheur d'y connaître M. d'Agincourt, qui y vit seul depuis vingt-cinq ans, et qui promet à la France d'avoir aussi son Winckelman.

Quiconque s'occupe uniquement de l'étude de l'antiquité et des arts, ou quiconque n'a plus de liens dans la vie, doit venir demeurer à Rome. Là il trouvera pour société une terre qui nourrira ses réflexions et qui occupera son cœur, des promenades qui lui diront toujours quelque chose. La pierre qu'il foulera aux pieds lui parlera, la poussière que le vent élèvera sous ses pas renfermera quelque grandeur humaine. S'il est malheureux, s'il a mêlé les cendres de ceux qu'il aima à tant de cendres illustres, avec quel charme ne passera-t-il pas du sépulcre des Scipions au dernier asile d'un ami vertueux, du charmant tombeau de Cecilia Metella au modeste cercueil d'une femme infortunée ! Il pourra croire que ces mânes chéris se plaisent à errer autour de ces monuments avec l'ombre de Cicéron, pleurant encore sa chère Tullie, ou d'Agrippine encore occupée de l'urne de Germanicus. S'il est chrétien, ah ! comment pourrait-il alors s'arracher de cette terre qui est devenue sa patrie, de cette terre qui a vu naître un second empire, plus saint dans son berceau, plus grand dans sa puissance que celui qui l'a précédé, de cette terre où les amis que nous avons perdus, dormant avec les martyrs aux catacombes, sous l'oeil du Père des fidèles, paraissent devoir se réveiller les premiers dans leur poussière et semblent plus voisins des cieux ?

Quoique Rome, vue intérieurement, offre l'aspect de la plupart des villes européennes, toutefois elle conserve encore un caractère particulier : aucune autre cité ne présente un pareil mélange d'architecture et de ruines, depuis le Panthéon d'Agrippa jusqu'aux murailles de Bélisaire, depuis les monuments apportés d'Alexandrie jusqu'au dôme élevé par Michel-Ange. La beauté des femmes est un autre trait distinctif de Rome : elles rappellent par leur port et leur démarche les Clélie et les Cornélie ; on croirait voir des statues antiques de Junon ou de Pallas descendues de leur piédestal et se promenant autour de leurs temples. D'une autre part, on retrouve chez les Romains ce ton des chairs auquel les peintres ont donné le nom de couleur historique, et qu'ils emploient dans leurs tableaux. Il est naturel que des hommes dont les aïeux ont joué un si grand rôle sur la terre aient servi de modèle ou de type aux Raphael et aux Dominiquin pour représenter les personnages de l'histoire.

Une autre singularité de la ville de Rome, ce sont les troupeaux de chèvres, et surtout ces attelages de grands bœufs aux cornes énormes, couchés au pied des obélisques égyptiens, parmi les débris du Forum et sous les arcs où ils passaient autrefois pour conduire le triomphateur romain à ce Capitole que Cicéron appelle le conseil public de l'univers :

Romaneos ad templa deum duxere triomphos.

À tous les bruits ordinaires des grandes cités se mêle ici le bruit des eaux que l'on entend de toutes parts, comme si l'on était auprès des fontaines de Blandusie ou d'Égérie. Du haut des collines renfermées dans l'enceinte de Rome, ou à l'extrémité de plusieurs rues, vous apercevez la campagne en perspective, ce qui mêle la ville et les champs d'une manière pittoresque. En hiver les toits des maisons sont couverts d'herbes, comme les toits de chaume de nos paysans. Ces diverses circonstances contribuent à donner à Rome je ne sais quoi de rustique, qui va bien à son histoire : ses premiers dictateurs conduisaient la charrue ; elle dut l'empire du monde à des laboureurs, et le plus grand de ses poètes ne dédaigna pas d'enseigner l'art d'Hésiode aux enfants de Romulus :

Ascraeumque cano romans per oppida carmen.

Quant au Tibre, qui baigne cette grande cité et qui en partage la gloire, sa destinée est tout à fait bizarre. Il passe dans un coin de Rome comme s'il n'y était pas ; on n'y daigne pas jeter les yeux, on n'en parle jamais, on ne boit point ses eaux, les femmes ne s'en servent pas pour laver ; il se dérobe entre de méchantes maisons qui le cachent, et court se précipiter dans la mer, honteux de s'appeler le Tevere.

Il faut maintenant, mon cher ami, vous dire quelque chose de ces ruines dont vous m'avez recommandé de vous parler, et qui font une si grande partie des dehors de Rome : je les ai vues en détail, soit à Rome, soit à Naples, excepté pourtant les temples de Poestum, que je n'ai pas eu le temps de visiter. Vous sentez que ces ruines doivent prendre différents caractères, selon les souvenirs qui s'y attachent.

Dans une belle soirée du mois de juillet dernier, j'étais allé m'asseoir au Colisée, sur la marche d'un des autels consacrés aux douleurs de la Passion. Le soleil qui se couchait versait des fleuves d'or par toutes ces galeries où roulait jadis le torrent des peuples ; de fortes ombres sortaient en même temps de l'enfoncement des loges et des corridors, ou tombaient sur la terre en larges bandes noires. Du haut des massifs de l'architecture, j'apercevais, entre les ruines du côté droit de l'édifice, le jardin du palais des césars, avec un palmier qui semble être placé tout exprès sur ces débris pour les peintres et les poètes. Au lieu des cris de joie que des spectateurs féroces poussaient jadis dans cet amphithéâtre, en voyant déchirer des chrétiens par des lions, on n'entendait que les aboiements des chiens de l'ermite qui garde ces ruines. Mais aussitôt que le soleil disparut à l'horizon, la cloche du dôme de Saint-Pierre retentit sous les portiques du Colisée. Cette correspondance établie par des sons religieux entre les deux plus grands monuments de Rome païenne et de Rome chrétienne me causa une vive émotion : je songeai que l'édifice moderne tomberait comme l'édifice antique ; je songeai que les monuments se succèdent comme les hommes qui les ont élevés ; je rappelai dans ma mémoire que ces mêmes Juifs qui, dans leur première captivité, travaillèrent aux pyramides de l'Égypte et aux murailles de Babylone, avaient, dans leur dernière dispersion, bâti cet énorme amphithéâtre. Les voûtes qui répétaient les sons de la cloche chrétienne étaient l'ouvrage d'un empereur païen marqué dans les prophéties pour la destruction finale de Jérusalem. Sont-ce là d'assez hauts sujets de méditation, et croyez-vous qu'une ville où de pareils effets se reproduisent à chaque pas soit digne d'être vue ?

Je suis retourné hier, 9 janvier, au Colisée, pour le voir dans une autre saison et sous un autre aspect : j'ai été étonné, en arrivant, de ne point entendre l'aboiement des chiens qui se montraient ordinairement dans les corridors supérieurs de l'amphithéâtre parmi les herbes séchées. J'ai frappé à la porte de l'ermitage pratiqué dans le cintre d'une loge ; on ne m'a point répondu : l'ermite est mort. L'inclémence de la saison, l'absence du bon solitaire, des chagrins récents, ont redoublé pour moi la tristesse de ce lieu ; j'ai cru voir les décombres d'un édifice que j'avais admiré quelques jours auparavant dans toute son intégrité et toute sa fraîcheur. C'est ainsi, mon très cher ami, que nous sommes avertis à chaque pas de notre néant : l'homme cherche au dehors des raisons pour s'en convaincre ; il va méditer sur les ruines des empires, il oublie qu'il est lui-même une ruine encore plus chancelante, et qu'il sera tombé avant ces débris. Ce qui achève de rendre notre vie le songe d'une ombre, c'est que nous ne pouvons pas même espérer de vivre longtemps dans le souvenir de nos amis, puisque leur cœur, où s'est gravée notre image, est, comme l'objet dont il retient les traits, une argile sujette à se dissoudre. On m'a montré à Portici un morceau de cendres du Vésuve, friable au toucher, et qui conserve l'empreinte, chaque jour plus effacée, du sein et du bras d'une jeune femme ensevelie sous les ruines de Pompéïa ; c'est une image assez juste, bien qu'elle ne soit pas encore assez vaine, de la trace que notre mémoire laisse dans le cœur des hommes, cendre et poussière.

Avant de partir pour Naples, j'étais allé passer quelques jours seul à Tivoli, je parcourus les ruines des environs, et surtout celles de la villa Adriana. Surpris par la pluie au milieu de ma course, je me réfugiai dans les salles des thermes voisins du Poecile [Monuments de la villa. Voyez plus haut la description de Tivoli et de la villa Adriana. (N.d.A.)], sous un figuier qui avait renversé le pan d'un mur en croissant. Dans un petit salon octogone, une vigne vierge perçoit la voûte de l'édifice, et son gros cep lisse, rouge et tortueux, montait le long du mur comme un serpent. Tout autour de moi, à travers les arcades des ruines, s'ouvraient des points de vue sur la campagne romaine. Des buissons de sureau remplissaient les salles désertes où venaient se réfugier quelques merles. Les fragments de maçonnerie étaient tapissés de feuilles de scolopendre, dont la verdure satinée se dessinait comme un travail en mosaïque sur la blancheur des marbres. Çà et là de hauts cyprès remplaçaient les colonnes tombées dans ce palais de la mort ; l'acanthe sauvage rampait à leurs pieds, sur des débris, comme si la nature s'était plu à reproduire sur les chefs-d'œuvre mutilés de l'architecture l'ornement de leur beauté passée. Les salles diverses et les sommités des ruines ressemblaient à des corbeilles et à des bouquets de verdure, le vent agitait les guirlandes humides, et toutes les plantes s'inclinaient sous la pluie du ciel.

Pendant que je contemplais ce tableau, mille idées confuses se pressaient dans mon esprit : tantôt j'admirais, tantôt je détestais la grandeur romaine ; tantôt je pensais aux vertus, tantôt aux vices de ce propriétaire du monde, qui avait voulu rassembler une image de son empire dans son jardin. Je rappelais les événements qui avaient renversé cette villa superbe ; je la voyais dépouillée de ses plus beaux ornements par le successeur d'Adrien ; je voyais les barbares y passer comme un tourbillon, s'y cantonner quelquefois, et, pour se défendre dans ces mêmes monuments qu'ils avaient à moitié détruits, couronner l'ordre grec et toscan du créneau gothique ; enfin, des religieux chrétiens, ramenant la civilisation dans ces lieux, plantaient la vigne et conduisaient la charrue dans le temple des Stoïciens et les salles de l'Académie. Le siècle des arts renaissait, et de nouveaux souverains achevaient de bouleverser ce qui restait encore des ruines de ces palais, pour y trouver quelques chefs-d'œuvre des arts. À ces diverses pensées se mêlait une voix intérieure qui me répétait ce qu'on a cent fois écrit sur la vanité des choses humaines. Il y a même double vanité dans les monuments de la villa Adriana ; ils n'étaient, comme on sait, que les imitations d'autres monuments répandus dans les provinces de l'empire romain : le véritable temple de Sérapis à Alexandrie, la véritable Académie à Athènes, n'existent plus : vous ne voyez donc dans les copies d'Adrien que des ruines de ruines.

Il faudrait maintenant, mon cher ami, vous décrire le temple de la Sibylle, à Tivoli, et l'élégant temple de Vesta, suspendu sur la cascade ; mais le loisir me manque. Je regrette de ne pouvoir vous peindre cette cascade célébrée par Horace ; mais je l'ai vue dans une saison triste, et je n'étais pas moi-même fort gai. Je vous dirai plus : j'ai été importuné du bruit des eaux, de ce bruit qui m'a tant de fois charmé dans les forêts américaines. Je me souviens encore du plaisir que j'éprouvais lorsque, la nuit, au milieu du désert, mon bûcher à demi éteint, mon guide dormant, mes chevaux paissant à quelque distance, j'écoutais la mélodie des eaux et des vents dans la profondeur des bois. Ces murmures, tantôt plus forts, tantôt plus faibles, croissant et décroissant à chaque instant, me faisaient tressaillir ; chaque arbre était pour moi une espèce de lyre harmonieuse dont les vents tiraient d'ineffables accords.

Aujourd'hui je m'aperçois que je suis beaucoup moins sensible à ces charmes de la nature ; je doute que la cataracte de Niagara me causât la même admiration qu'autrefois. Quand on est très jeune, la nature muette parle beaucoup ; il y a surabondance dans l'homme ; tout son avenir est devant lui (si mon Aristarque veut me passer cette expression) ; il espère communiquer ses sensations au monde, et il se nourrit de mille chimères. Mais dans un âge avancé, lorsque la perspective que nous avions devant nous passe derrière, que nous sommes détrompés sur une foule d'illusions, alors la nature seule devient plus froide et moins parlante, les jardins parlent peu. Pour que cette nature nous intéresse encore, il faut qu'il s'y attache des souvenirs de la société ; nous nous suffisons moins à nous-mêmes : la solitude absolue nous pèse, et nous avons besoin de ces conversations qui se font le soir à voix basse entre des amis.

Je n'ai point quitté Tivoli sans visiter la maison du poète que je viens de citer : elle était en face de la villa de Mécène ; c'était là qu'il offrait floribus et vino genium memorem brevis aevi. L'ermitage ne pouvait pas être grand, car il est situé sur la croupe même du coteau ; mais on sent qu'on devait être bien à l'abri dans ce lieu, et que tout y était commode, quoique petit. Du verger devant la maison l'oeil embrassait un pays immense : vraie retraite du poète à qui peu suffit, et qui jouit de tout ce qui n'est pas à lui, spatio brevi spem longam reseces. Après tout, il est fort aisé d'être philosophe comme Horace. Il avait une maison à Rome, deux villa à la campagne, l'une à Utique, l'autre à Tivoli. Il buvait d'un certain vin du consulat de Tullus avec ses amis : son buffet était couvert d'argenterie ; il disait familièrement au premier ministre du maître du monde : « Je ne sens point les besoins de la pauvreté, et si je voulais quelque chose de plus, Mécène, tu ne me le refuserais pas. « Avec cela on peut chanter Lalagé, se couronner de lis, qui vivent peu, parler de la mort en buvant le falerne, et livrer au vent les chagrins.

Je remarque qu'Horace, Virgile, Tibulle, Tite-Live, moururent tous avant Auguste, qui eut en cela le sort de Louis XIV : notre grand prince survécut un peu à son siècle, et se coucha le dernier dans la tombe comme pour s'assurer qu'il ne restait rien après lui.

Il vous sera sans doute fort indifférent de savoir que la maison de Catulle est placée à Tivoli, au-dessus de la maison d'Horace, et qu'elle sert maintenant de demeure à quelques religieux chrétiens ; mais vous trouverez peut-être assez remarquable que l'Arioste soit venu composer ses fables comiques au même lieu où Horace s'est joué de toutes les choses de la vie. On se demande avec surprise comment il se fait que le chantre de Roland, retiré chez le cardinal d'Este, à Tivoli, ait consacré ses divines folies à la France, et à la France demi-barbare, tandis qu'il avait sous les yeux les sévères monuments et les graves souvenirs du peuple le plus sérieux et le plus civilisé de la terre. Au reste, la villa d'Este est la seule villa moderne qui m'ait intéressé au milieu des débris des villa de tant d'empereurs et de consulaires. Cette maison de Ferrare a eu le bonheur peu commun d'avoir été chantée par les deux plus grands poètes de son temps et les deux plus beaux génies de l'Italie moderne.

Piacciavi, generose Ercolea prole,

Ornamento e splendor del secol nostro,

Ippolito, etc.

C'est ici le cri d'un homme heureux, qui rend grâces à la maison puissante dont il recueille les faveurs et dont il fait lui-même les délices. Le Tasse, plus touchant, fait entendre dans son invocation les accents de la reconnaissance d'un grand homme infortuné :

Tu, magnanimo Alfonso, il qual ritogli, etc.

C'est faire un noble usage du pouvoir que de s'en servir pour protéger les talents exilés et recueillir le mérite fugitif. Arioste et Hippolyte d'Este ont laissé dans les vallons de Tivoli un souvenir qui ne le cède pas en charme à celui d'Horace et de Mécène. Mais que sont devenus les protecteurs et les protégés ? Au moment même où j'écris, la maison d'Est vient de s'éteindre ; la villa du cardinal d'Este tombe en ruine comme celle du ministre d'Auguste : c'est l'histoire de toutes les choses et de tous les hommes.

Je passai presque tout un jour à cette superbe villa ; je ne pouvais me lasser d'admirer la perspective dont on jouit du haut de ses terrasses : au-dessous de vous s'étendent les jardins avec leurs platanes et leurs cyprès ; après les jardins viennent les restes de la maison de Mécène, placée au bord de l'Anio ; de l'autre côté de la rivière, sur la colline en face, règne un bois de vieux oliviers, où l'on trouve les débris de la villa de Varus ; un peu plus loin, à gauche, dans la plaine, s'élèvent les trois monts Monticelli, San Francesco et Sant'Angelo, et entre les sommets de ces trois monts voisins apparaît le sommet lointain et azuré de l'antique Soracte ; à l'horizon et à l'extrémité des campagnes romaines, en décrivant un cercle par le couchant et le midi, on découvre les hauteurs de Monte-Fiascone, Rome, Civita-Vecchia, Ostia, la mer, Frascati, surmonté des pins de Tusculum ; enfin, revenant chercher Tivoli vers le levant, la circonférence entière de cette immense perspective se termine au mont Ripoli, autrefois occupé par les maisons de Brutus et d'Atticus, et au pied duquel se trouve la villa Adriana avec toutes ses ruines.

On peut suivre au milieu de ce tableau le cours du Teverone, qui descend vers le Tibre, jusqu'au pont où s'élève le mausolée de la famille Plautia, bâti en forme de tour. Le grand chemin de Rome se déroule aussi dans la campagne ; c'était l'ancienne voie Tiburtine autrefois bordée de sépulcres, et le long de laquelle des meules de foin élevées en pyramides imitent encore des tombeaux.

Il serait difficile de trouver dans le reste du monde une vue plus étonnante et plus propre à faire naître de puissantes réflexions. Je ne parle pas de Rome, dont on aperçoit les dômes, et qui seule dit tout ; je parle seulement des lieux et des monuments renfermés dans cette vaste étendue. Voilà la maison où Mécène, rassasié des biens de la terre, mourut d'une maladie de langueur ; Varus quitta ce coteau pour aller verser son sang dans les marais de la Germanie ; Cassius et Brutus abandonnèrent ces retraites pour bouleverser leur patrie. Sous ces hauts pins de Frascati, Cicéron dictait ses Tusculanes ; Adrien fit couler un nouveau Pénée au pied de cette colline, et transporta dans ces lieux les noms, les charmes et les souvenirs du vallon de Tempé. Vers cette source de la Solfatare, la reine captive de Palmyre acheva ses jours dans l'obscurité, et sa ville d'un moment disparut dans le désert. C'est ici que le roi Latinus consulta le dieu Faune dans la foret de l'Albunée ; c'est ici qu'Hercule avait son temple, et que la sibylle tiburtine dictait ses oracles ; ce sont là les montagnes des vieux Sabins, les plaines de l'antique Latium ; terre de Saturne et de Rhée, berceau de l'âge d'or, chanté par tous les poètes ; riants coteaux de Tibur et de Lucrétile, dont le seul génie français a pu retracer les grâces, et qui attendaient le pinceau du Poussin et de Claude Lorrain.

Je descendis de la villa d'Este vers les trois heures après midi ; je passai le Teverone sur le pont de Lupus, pour rentrer à Tivoli par la porte Sabine. En traversant le bois des vieux oliviers, dont je viens de vous parler, j'aperçus une petite chapelle blanche, dédiée à la madone Quintilanea, et bâtie sur les ruines de la villa de Varus. C'était un dimanche : la porte de cette chapelle était ouverte, j'y entrai. Je vis trois petits autels disposés en forme de croix ; sur celui du milieu s'élevait un grand crucifix d'argent, devant lequel brûlait une lampe suspendue à la voûte. Un seul homme, qui avait l'air très malheureux, était prosterné auprès d'un banc ; il priait avec tant de ferveur, qu'il ne leva pas même les yeux sur moi au bruit de mes pas. Je sentis ce que j'ai mille fois éprouvé en entrant dans une église, c'est-à-dire un certain apaisement des troubles du cœur (pour parler comme nos vieilles bibles), et je ne sais quel dégoût de la terre. Je me mis à genoux à quelque distance de cet homme, et, inspiré par le lieu, je prononçai cette prière : « Dieu du voyageur, qui avez voulu que le pèlerin vous adorât dans cet humble asile bâti sur les ruines du palais d'un grand de la terre ! Mère de douleur, qui avez établi votre culte de miséricorde dans l'héritage de ce

Romain infortuné mort loin de son pays dans les forêts de la Germanie ! nous ne sommes ici que deux fidèles prosternés au pied de votre autel solitaire : accordez à cet inconnu, si profondément humilié devant vos grandeurs, tout ce qu'il vous demande : faites que les prières de cet homme servent à leur tour à guérir mes infirmités, afin que ces deux chrétiens qui sont étrangers l'un à l'autre, qui ne se sont rencontrés qu'un instant dans la vie, et qui vont se quitter pour ne plus se voir ici-bas, soient tout étonnés, en se retrouvant au pied de votre trône, de se devoir mutuellement une partie de leur bonheur, par les miracles de leur charité ! »

Quand je viens à regarder, mon cher ami, toutes les feuilles éparses sur ma table, je suis épouvanté de mon énorme fatras, et j'hésite à vous l'envoyer. Je sens pourtant que je ne vous ai rien dit, que j'ai oublié mille choses que j'aurais dû vous dire. Comment, par exemple, ne vous ai-je pas parlé de Tusculum, de Cicéron, qui, selon Sénèque, « fut le seul génie que le peuple romain ait eu d'égal à son empire » ? Mon voyage à Naples, ma descente dans le cratère du Vésuve, mes courses à Pompeïa, à Caserte, à la Solfatare, au lac Averne, à la grotte de la Sibylle, auraient pu vous intéresser, etc. Baïes, où se sont passées tant de scènes mémorables, méritait seule un volume. Il me semble que je vois encore la tour de Bola, où était placée la maison d'Agrippine, et où elle dit ce mot sublime aux assassins envoyés par son fils : Ventrem feri. L'île Nisida, qui servit de retraite à Brutus, après le meurtre de César, le pont de Caligula, la Piscine admirable, tous ces palais bâtis dans la mer, dont parle Horace, vaudraient bien la peine qu'on s'y arrêtât un peu. Virgile a placé ou trouvé dans ces lieux les belles fictions du sixième livre de son Énéide.

Mon pèlerinage au tombeau de Scipion l'Africain est un de ceux qui ont le plus satisfait mon cœur, bien que j'aie manqué le but de mon voyage. On m'avait dit que le mausolée existait encore, et qu'on y lisait même le mot patria, seul reste de cette inscription qu'on prétend y avoir été gravée : Ingrate patrie, tu n'auras pas mes os ! Je me suis rendu à Patria, l'ancienne Literne : je n'ai point trouvé le tombeau, mais j'ai erré sur les ruines de la maison que le plus grand et le plus aimable des hommes habitait dans son exil : il me semblait voir le vainqueur d'Annibal se promener au bord de la mer sur la côte opposée à celle de Carthage, et se consolant de l'injustice de Rome par les charmes de l'amitié et le souvenir de ses vertus.

Quand aux Romains modernes, mon cher ami, Duclos me semble avoir de l'humeur lorsqu'il les appelle les Italiens de Rome ; je crois qu'il y a encore chez eux le fond d'une nation peu commune. On peut découvrir parmi ce peuple, trop sévèrement jugé, un grand sens, du courage, de la patience, du génie, des traces profondes de ses anciennes mœurs, je ne sais quel air de souverain et quels nobles usages qui sentent encore la royauté. Avant de condamner cette opinion, qui peut vous paraître hasardée, il faudrait entendre mes raisons, et je n'ai pas le temps de vous les donner.

Que de choses me resteraient à vous dire sur la littérature italienne ! Savez-vous que je n'ai vu qu'une seule fois le comte Alfieri dans ma vie, et devineriez-vous comment ? Je l'ai vu mettre dans la bière ! On me dit qu'il n'était presque pas changé. Sa physionomie me parut noble et grave ; la mort y ajoutait sans doute une nouvelle sévérité ; le cercueil étant un peu trop court, on inclina la tête du défunt sur sa poitrine, ce qui lui fit faire un mouvement formidable. Je tiens de la bonté d'une personne qui lui fut bien chère, et de la politesse d'un ami du comte Alfieri, des notes curieuses sur les ouvrages posthumes, les opinions et la vie de cet homme célèbre. La plupart des papiers publics en France ne nous ont donné sur tout cela que des renseignements tronqués et incertains.

Pour cette fois, j'ai fini ; je vous envoie ce monceau de ruines : faites en tout ce qu'il vous plaira.

Dans la description des divers objets dont je vous ai parlé, je crois n'avoir omis rien de remarquable, si ce n'est que le Tibre est toujours le flavus Tiberinus de Virgile. On prétend qu'il doit cette couleur limoneuse aux pluies qui tombent dans les montagnes dont il descend. Souvent, par le temps le plus serein, en regardant couler ses flots décolorés, je me suis représenté une vie commencée au milieu des orages : le reste de son cours passe en vain sous un ciel pur ; le fleuve demeure teint des eaux de la tempête qui l'ont troublé dans sa course.